谨以此书向千千万万的退役老兵致敬!

编审委员会

刘燕海　王珊珊　李　多　郭卫东　陈冀平　彭若柏　王江平　彭艳琴
邹　彦　巫　平　王细根　周谋圣　蒋卓明　尹晓蓬　罗华明　喻楚南
刘子雄　谢晓新

编辑委员会

主　编：贺小林
副主编：胡刚毅
画　像：陈泽斌　陈梦佳
编　委：欧阳国　龚奎林　段江婷　蒋阿萍　邓勇伟　邓小川　邓莹玲
　　　　张昱煜　张少青　刘述涛　刘晓珍　邝　慧　曾思政　郭遂英
　　　　郭　伟　胡粤泉　胡思琦　黄小明　陈子阳

毫查荣光

贺小林 ◎ 主编

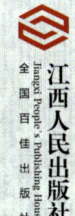

图书在版编目（CIP）数据

耄耋荣光 / 贺小林主编 . -- 南昌：江西人民出版社，2023.7
ISBN 978-7-210-14791-6

Ⅰ.①耄… Ⅱ.①贺… Ⅲ.①访问记—作品集—中国—当代 Ⅳ.① I253

中国国家版本馆 CIP 数据核字 (2023) 第 131050 号

耄耋荣光
MAODIE RONGGUANG

贺小林　主编

责 任 编 辑：章　雷
封 面 设 计：同异文化传媒

 江西人民出版社　出版发行
　　　　　　　 Jiangxi People's Publishing House
　　　　　　　 全国百佳出版社

地　　　址：江西省南昌市三经路 47 号附 1 号（330006）
网　　　址：www.jxpph.com
电 子 信 箱：120708658@qq.com
编辑部电话：0791-86898860
发行部电话：0791-86898815
承　印　厂：江西省和平印务有限公司
经　　　销：各地新华书店

开　　本：787 毫米 × 1092 毫米　1/16
印　　张：12.25
字　　数：180 千字
版　　次：2023 年 7 月第 1 版
印　　次：2023 年 7 月第 1 次印刷
书　　号：ISBN 978-7-210-14791-6
定　　价：60.00 元
赣版权登字 -1-2023-295

版权所有　侵权必究
赣人版图书凡属印刷、装订错误，请随时与江西人民出版社联系调换。
服务电话：0791-86898820

序言

致敬老兵，致敬吉安

煌煌吉安，不仅是天下闻名的文士故乡（所谓"三千进士冠华夏"）、诗文原野（所谓"文章节义金庐陵"），还是出产"将"的沃土。两千多年的吉安历史，不仅有无数的"士"为天地立心、为生民立命，也有众多的"将"披坚执锐、领兵杀敌、勇赴国难，给这块土地浇注了血勇尚武、保家卫国的文化基因。宋时，"五忠一节"之一的胡铨曾任兵部侍郎，多次身先士卒抗击金军。文天祥曾任右丞相兼枢密使，管理军国要政。文天祥后来起兵抗元，无数吉安子弟追随其左右，他的次妹夫、永新人彭震龙也率本地子弟跟着文天祥抗元，失败后，彭遭腰斩，三千永新子弟跳入忠义潭壮烈殉国。明朝时，杨士奇、彭时、尹直、李日宣、李邦华、毛伯温等先后担任或兼任兵部尚书。清时，李元鼎任兵部左侍郎……

这种血勇尚武、保家卫国的文化传统，在土地革命战争时期得到了充分的发扬，迸发出了巨大的能量。无数吉安英雄儿女，怀着救国的理想和对美好生活的向往，跟着毛泽东、朱德等老一辈无产阶级革命家在井冈山开创中国第一个农村革命根据地，进而形成十万工农的革命洪流，九打吉安，转战赣南，成为开辟中央苏区的有生力量和二万五千里长征路上的铁军。再就是抗日战争、解放战争、抗美援朝战争……毫不夸张地说，一部中国人民解放军军史，吉安是十分重要的中心章节；中国革命的成功，离不开吉安这块红土圣地的热血供养。据统计，这里有名有姓的烈士就多达5万余名，开国将军147位（不含莲花县），是中华人民共和国诞生开国将军数量排名第一的地级市。朝鲜战场上的第38军军长梁兴初、新疆军区首任司令员兼政委王恩茂、解放西藏的第18军军长张国华，就是其中的优秀代表。

时至今日，历史的硝烟已经散去，英雄们的浴血奋斗让和平、发展变成了现实。中华民族从来没有像今天这样接近伟大复兴的目标。从战争中活下来的英雄们也已暮年。2022年6月底，经吉安市退役军人事务局查询和走访了解，全市健在的90岁以上参战老兵共有300余名，其中立过战功、荣获各级荣誉、事迹较突出的有60余人。为传承老一辈无产阶级革命者的红色基因，弘扬伟大革命精神，从参加过解放战争和抗美援朝作战老兵的光荣事迹中汲取革命意志和精神动力，吉安市退役军人事务局组织采编组对其中22名事迹较突出的参战老兵进行了抢救性采访挖掘，记录他们光辉难忘的战争岁月、惊心动魄的生死瞬间，以及解甲归田的平凡生活。于是就有了《耄耋荣光》这一本沉甸甸的书。

22名参战老兵，是岁月浇铸的22件铜像。他们平均年龄96岁，其中最大的107岁，最小的90岁。

从这本书中我们了解到，战争年代里，他们有着辉煌的战绩。

1916年出生的林树生，16岁参加革命，先后参加过淮海战役、渡江战役、解放华中南、解放大西南等众多战役。

1928年出生的杨子田，先后参加了解放济南、淮海战役、渡江战役、京沪杭战役、宁海战役、舟山群岛战役等多场重大战役，并多次荣立三等功。

1930年出生的胡子棣，参加解放战争、抗美援朝战争，连续两次荣立三等功。

1925年出生的谢军谋，在抗美援朝战场4年多时间里，参加了无数次战斗，先后荣获停战慰问纪念章、抗美援朝纪念章，并荣立三等功。

1921年出生的唐瑛，1949年投笔从戎，进入中国人民解放军第二野战军第四军政大学四分校学习和工作，荣立特等功一次，1951年至1954年连续4次荣立三等功。

……

和平年代里，他们保持着军人的本色与奉献的精神。

林树生转业后回到家乡，全力投入家乡建设，担任过村大队会计和合作社主任，带领村民种油茶、种杉树，并在社会主义劳动竞赛中获得了县里的劳动勋章，并荣获泰和县农业劳模光荣称号。晚年，他发挥所长，多次受邀给县、乡、村的党员上党课。

杨子田转业进入吉安地区粮食局工作，数十年来坚守在粮食局的岗位上，做出了不平凡的业绩，获得了多项荣誉。

谢军谋退伍回到家乡永新县澧田镇珠塘村，担任村支书，带领村民治山、治水、造田，为珠塘的乡亲能尽早摆脱贫穷、过上好的生活付出了心血。

1928年出生、参加过抗美援朝战争的郭斯行离休后继续发挥着光和热，先后成为家乡遂川老干部中心、老龄委、老年体协活动骨干，他义务开展"红色讲座"，创办爱心育才奖学金，连续7年奖励莘莘学子，发放扶贫济困现金及物资累计10万余元，免费辅导、资助学生近2000人。

唐瑛生活勤俭节约，可近20年热心社会捐助，收到有记录的捐赠证书35本、各种捐款收据91张，总额达10多万元。

……

"顾此耿耿存，仰视浮云白。"（文天祥《正气歌》）丹心永怀，富贵如云。从战火中昂然走出的他们，无疑是吉安这块红土圣地自古以来血勇尚武、保家卫国基因的完美继承者。他们无愧于历史，无愧于脚下的血养之地！

当今我们正向着实现第二个百年奋斗目标迈进。新的征程中，如何传承文明、守望历史，如何肩负起新的历史使命，奋力书写新时代的吉安史诗，如何积极构建个人与国家和人民的关系，是摆在我们面前的重大课题。而吉安市退役军人事务局组织编写的《耄耋荣光》一书，我以为就是回应如此重大课题的重要举措。书中的22位平凡英雄身上体现的精神品质，正是我们实现新的时代目标所亟需的。

向英雄致敬！向吉安这块孕育英雄的血勇之地致敬！

遵吉安市退役军人事务局嘱，不避浅陋，勉力作序，请您指正。

江子
2023年1月于南昌

目 录

林树生：百年征程映初心 ——— 段江婷 003

唐　瑛：一身报国志 ——— 蒋阿萍 011

谢军谋：带领乡亲奔富路 ——— 贺小林 019

郭斯行：铁皮箱里放光芒 ——— 欧阳国 029

刘庆忠：不怕流血和牺牲 ——— 郭　伟 037

帅兵仔：闲不住的"兵" ——— 邓勇伟 045

廖其桂：峥嵘岁月都是歌 ——— 张昱煜 053

吴法根：以身作则树榜样 ——— 胡刚毅 陈子阳 063

曾加允：历经血与火的洗礼 ——— 张少青 071

许寅宾：满腔热血报党恩 ——— 笑　川 077

陈龙寿：赓续基因传家风 ——— 黄小明 085

谷良芳：永做忠诚战士 ——— 刘述涛 093

李禄元：碧海丹霞志士心 ——— 胡粤泉 101

胡子棣：时刻牢记使命 ——— 郭遂英 111

杨子田：身心献国忠于党 ——— 龚奎林 119

朱本良：丹心永向党 ——— 邝　慧 127

熊斌：党的教诲记心间 —————— 康　艺　胡思琦　137

李发明：默默无闻的英雄 —————— 邓莹玲　145

李武统：甘为农民作贡献 —————— 曾思政　151

胡自立：无愧军人本色 —————— 康　亿　159

张瑞珍：脱下军装还是兵 —————— 刘晓珍　169

彭道盛：兵心军魂铸人生 —————— 笑　川　177

后记 —————— 183

林树生

林树生所获荣誉

走访林树生

> 林树生，男，泰和县人，红军失散人员，1916年7月16日生，1930年参加儿童团，1932年参加红军，历任通讯员、勤务兵、文书等职，先后参加过淮海战役、渡江战役、解放华中南、解放大西南等众多战役。1952年4月复员，回乡后积极参与地方建设，曾荣获泰和县农业劳模称号。

林树生
百年征程映初心

文◎段江婷

壬寅年的初冬时节，天气依然是晴暖。我们一行驱车100余公里，来到一处依山傍水、林木茂盛的村庄——泰和县中龙乡良坪村，这里保存着毛泽东同志旧居、万泰县苏维埃临时政府旧址等。

我们此行的目的，是为了寻访一位107岁的老红军林树生。车子沿着一条蜿蜒的村级道路进入中龙乡的良坪村，距离村口不远有一处农家小院。我们一走进堂屋，身着藏蓝色中山服的林树生老人就坐在一把竹椅上，微笑着向我们示好。老人满头白发，虽然瘦削却是精神矍铄，脸上有着一道道记录着岁月的皱纹。

时间仿佛定格，因为此刻107岁老人的目光，和91年前那个雀跃着加入红军的16岁小男孩的目光一样诚恳、质朴。

一

因为林树生老人听力不太好，我们的访谈是在其亲属及村干部的协助下进行。得知我们前来的目的，老人高兴地邀请我们围坐下来，他打着手势要其儿媳帮助跟我们交流。

"他16岁就参加了红军……"林老的儿媳郑小华的一句话，打开了林老一生的回忆之门。在分别和林老的女儿林贱菊、孙子林桂明以及村支书王显仁的交谈中，我们得知，1916年7月16日，林树生出生在泰和县中龙乡良坪村一户贫苦农家。全家人辛苦干一年农活，打的粮只够吃半年，还常被地方军阀部队抢劫一空。

"这个世道为什么这么黑暗？这么不公平？这么不讲理……"生活的苦难，在林树生幼小的心灵中留下一连串问号。抗争的种子，也悄然生根。

1930年土地革命战争时期，林树生参加了匡坑村儿童团，负责禁烟禁赌放哨查行人。毛泽东、朱德、彭德怀等领导的红军部队，从古驿道上经中龙乡百记村、马田村石陂自然村进军吉安。轰轰烈烈的土地革命一浪高过一浪。

"当兵就要当红军，处处工农来欢迎，官长士兵都一样，没有人来压迫人。当兵就要当红军，工农配合杀敌人，买办豪绅和地主，坚决打他不留情……"一首朗朗上口的红歌，唱出当年母亲送儿当红军，妻子送郎当红军的情景：百记陈家有17人当红军，康家有13人当红军，林树生所在的坑尾有4人当了红军。

林树生对这支心系百姓、纪律严明的部队心生向往，对领导这支部队的中国共产党心生敬仰。1932年2月，刚刚16岁的林树生自愿报名参加红军，担任万泰补充团的通信员，驻地沙村，后来编入江西补充师，林树生被调到江西军区司令部管理科当勤务兵。期间，林树生参加了福建沙县战斗与清流县打大刀匪战斗。1934年5月，林树生调入中央通信学校当学员，学习无线电技术，约4个月后，在红一军团通信连工作。参加兴国石富圩战斗后，林树生因病住进了于都县红军后方医院，病好后，部队已经北上。林树生跟随中央机关家属从于都县牛脑背经牛岭马岭向广东进发。队伍在路过牛岭时被敌军冲散，他就跟随部队在湘粤赣边区打游击。

期间，林树生参加了众多大小战役，历经了无数次枪林弹雨的洗礼，多次死里逃生，两次从敌军中逃脱。

那是多么艰苦的岁月！红军常常饭都吃不饱。林树生说，打游击时，时常吃山间竹笋充饥。上面发颗红五星，自带灰色服装当军装，在湘粤赣边区部队发过一件广东衫。勤务兵、通信兵、文书都不发枪，直到打游击时，才发了一支长枪。在红军后方医院，缺医少药，红军战士受伤时弄点盐巴洗洗伤口就很好了。

二

"为了躲避敌人的飞机轰炸，我们晚上渡江，在火力的掩护下一天一夜渡过了长江。"王显仁翻出刊发在 2021 年 6 月 5 日《江西日报》上对林树生老人的一篇报道向我们说，至今老人仍珍藏着这些革命岁月的记忆。

在我们期待的目光下，林树生老人颤颤巍巍地走进房间，小心翼翼地从箱子里拿出一个包裹得严实的小包来。打开里面的黄绸缎，我们看到，渡江胜利纪念章、淮海战役纪念章、解放华中南纪念章、解放西南胜利纪念章保存完好，尽管半个多世纪过去了，这些纪念章依旧明亮闪光、熠熠生辉。

"我父亲 1948 年 10 月后编入中国人民解放军第二野战军第四兵团第 37 师第 111 团后勤处任文书。先后参加过淮海战役、渡江战役、解放华中南、解放大西南等众多战役。"林贱菊在谈及父亲林树生时异常感慨，"那时，真的是十分艰难。幸好，挺过来了，我爸爸看到如今新中国发生的翻天覆地的变化，亲眼见证了中国共产党建党 100 周年的历史性时刻。"她说，父亲参加的最难忘的战役是淮海战役。

"我记得他跟我说过，打淮海战役的时候条件非常苦，许多战士的袜子、鞋都磨坏了，食物供应不上，战士们又渴又累，嘴唇裂口，实在饥渴难忍，就喝马尿。当时，他所在的部队处在第二层包围线上，据说有一场战役是晚上 7 点战斗打响，次日凌晨 4 点结束，活捉了敌军 50 多人，缴获重机枪、轻机枪和很多军用物资。"林贱菊回忆道，早些年父亲身体好的时候，述说起这段峥嵘岁月，都难掩振奋与激动。

"我爷爷个子小，之前一直在红军中当勤务兵和文书，直到后面参加这几次战役，才拿枪上战场。为了尽快掌握枪法，爷爷花了不少工夫勤练……"在访谈中，林桂明告诉我们，自他记事起，就发现爷爷右手的大拇指和食指一直是弯曲的,像一直拿着一把手枪,时刻准备战斗,冲锋杀敌。

提起渡江战役,林桂明至今仍记得小时候爷爷回忆当年战斗时的情形。1949年4月20日,在党中央的领导下,中国人民解放军百万雄师横渡长江,打响了渡江战役,彻底摧毁了国民党军的长江防线。老人深深地记得,当时在长江,枪声、炮弹和地雷爆炸声此起彼伏,战争引发的大火将附近都变成了废墟,鲜血染红了江面。林桂明说,老人曾告诉他,一路战斗,牺牲了很多战友,没有棺木,就用布层层包裹,木牌当墓碑,注明哪里人、姓名还有年纪……每次讲到这里,老人就会声音哽咽,一直重复着说:"我们牺牲了很多战友……"

"这些纪念章都是他的'宝贝',老人视这些荣誉如自己的生命,平时这些都会被他锁起来,除了他自己,其他人都拿不到。"郑小华说。

简单干净朴素,是我们走进林树生老人家里的第一印象,聆听完他的故事,又有一种高山仰止的感觉,脑海中反复叠映着那些烽火硝烟。他一直珍藏着的纪念章,不仅是用他鲜血换来的荣誉,更铭刻着那段他永远无法忘怀的青春岁月。

三

在中龙乡的历史文化简介中,我们看到有这样一段话:"这是一片红色热土,453人为共和国的诞生献出了宝贵生命,走出了蔡永、李士才两位共和国开国将军,走出了长征老干部康一民等革命先辈。"

林树生是在解放大西南后,于1952年从云南转业回到离开了20余年的家乡。

当时政府分配他在铁路上工作,他没有去报到。郑小华告诉我们说,老人一是觉得分配工作的地方离家里太远;二是当时需要安排的退伍军人很多,老人不想给国家增添负担;三是同村一起参加革命的人都牺牲了,只有他自己活着回来了,老人返乡是想建设家乡、守候家人。

一枚农业劳模的荣誉勋章,印证着他不管身处何处都能发扬吃苦耐劳、奋勇拼搏的革命精神。在访谈中,我们得知,林树生在家乡建设期间,担任过村大队会计，打得一手好算盘，受到村民们的尊敬；担任过合作社主任，带领村民开展生产劳动，种油茶，种杉树，并在社会主义劳动竞赛中，获得了县里的劳动勋章。

"他做事真的很有一套，担任合作社主任以来，第一件事就是开展以打机井为主的农田水利基本建设，改变生产条件，提高抗灾能力。"王显怀介绍，那个年代生产条件的改善，为农业丰收打下了坚实的基础。

对如何组织好生产，调动全村劳动力的生产积极性，林树生也进行了深入思考。在他的主张下，村里改变了分配和财务制度，完成定额超产部分的生产队可以自己支配；完不成定额的，社员少分粮食。有高有低的收益差距，调动了村民们的积极性，促进了生产力的发展。当年，村民们的劳动工分和粮食生产规模、产量都翻了番。

林树生不仅重视生产，也鼓励村民学习新知识，倡导家庭新风尚。随着集体经济的发展壮大，村里和谐的邻里、婆媳、兄弟、父子关系进一步促进了农业生产的发展。

"我的母亲刘和英也是干活的一把好手，当过红军游击队员，在瑞金还担任过女工部长。因在战争年代留下了很多病根，身体较差，1968年就病逝了。"林贱菊告诉我们，母亲早年病逝是父亲林树生一生的痛。在谈及母亲种种的时候，父亲常感叹，夫妻应该白头偕老，共享百年。

林树生虽然离开部队70余年，但战争年代形成的优良传统始终未变，对祖国的关心支持始终未变，对党和国家及人民的感恩之情始终未变。

"每天都要看新闻，了解党的方针政策，建党100周年的时候，他还给县里、乡里、村里的党员上党课。"郑小华说，老人每上完一堂党课都会习惯性向大家敬一个军礼。

"林树生老人的党课生动感人，我要向林老学习，传承红色基因，发扬革命精神，坚定带领群众致富的信心，为良坪村民多办实事、多办好事，为乡村振兴贡献自己的一份力量。"村里的退役军人沙名镜感慨道。

访谈临近尾声，林树生老人热情地招呼我们留下来吃饭。郑小华已将做好的饭菜端上了堂屋后面一幢三层新楼的餐桌。"他喜欢吃素，尤其爱吃丝瓜。"

郑小华指着院子里种的菜说，有时候父亲还会帮忙浇浇菜。

初冬的阳光洒满农家小院，林树生老人依然端坐在堂屋的竹椅上，考虑老人需要休息，我们希望在告辞的时候老人能给我们一行留下些笔墨。当我们将笔和纸递给老人的时候，他毫不犹豫地在纸上写下"红军万岁"四个大字。

这是一名老红军发自肺腑的心里话。林树生老人生活简朴，但精神世界却是富裕的。如今国家的繁荣富强，正是无数个像林树生这样的革命前辈浴血奋斗换来的，而牢记先辈们的嘱托，在各自的岗位上奋发努力，正是我们对革命先辈最崇高的致敬，也是对这个壮丽时代最响亮的回答。

唐瑛

唐瑛所获荣誉

唐瑛近照

走访唐瑛

> 唐瑛,男,吉安县人,1921年10月生,1949年8月参军,1955年4月复员,安福县农业银行离休干部。1949年,他荣立特等功一次,1951年至1954年连续4次荣获三等功。复员转业后,他积极投身慈善事业,有记录的捐赠证书35本,各种捐款收据91张,从20世纪90年代开始,20多年来每年捐款在4000元以上,捐款总额10余万元。

唐瑛
一身报国志

文◎蒋阿萍

这是一张60多年前的黑白老照片(见彩页)。年代久远,照片已经有些斑驳发黄,但依然可以清晰地看到,照片里是一位长相清秀的解放军战士,衣着朴素,一头浓密的黑发,高高的鼻梁,深邃的眼窝,脸庞清瘦,眼神里却透着一股坚定的力量。

他,就是退役军人唐瑛,吉安县横江镇人。岁月流逝,如今的唐瑛依然消瘦,却已是102岁高龄的老人,背已经有些佝偻,听力十分微弱,牙齿也几乎掉光,但身体还硬朗,思维清晰,反应敏捷。从老人一丝不苟的站姿、坐姿里,依然可以想象他年轻时挺拔帅气的军姿。

历经百年世事,人生坎坷起落,但老人始终不改对党、对国家、对人民的热爱之情,至今仍希望能尽己所能为党和人民作贡献,尽可能不给党和国家增加负担,真正是"一身报国志,满腔爱党情"。

一

"你们一定要积极入党，坚定信念，听党话、跟党走，为党和人民多作贡献……"这是唐瑛常对儿孙们说的一句话。

入党，一直是他心中神圣的追求，也是他一生的遗憾。

2019年7月1日，党的生日刚过，时年98岁的唐瑛再次向其所在的文山社区党支部递交了入党申请书。当党组织按照入党程序安排人上门开展工作时，他却出人意料地婉拒了这个"圆梦"的机会。

小儿子唐定中十分不解：父亲不是一辈子都想入党吗，为什么又放弃填表呢？原来，就在这不久前，唐瑛生了一场病，脊椎骨断裂，医生告诉他，如果你再受伤，恐怕就治不了……"我已经这把年纪了，活不了多久了，何必白白占用一个入党指标，还不如把这个指标让给其他人。"在儿子的追问下，唐瑛缓缓地说出了自己的考虑，"我要入党，就要做一个对党、对人民有用的党员，不能发挥作用的党员我宁愿不当。"

是的，唐瑛不是党员。但他内心深处的入党烈焰熊熊燃烧了70多年，至今不曾熄灭。

1921年10月8日，唐瑛出生于贫苦农家。年少时，唐瑛一家饱受欺压，三代四人坐牢，房屋三次被烧。生活艰辛的父亲望子成才，咬牙坚持，一送长子唐瑛读书，二送次子学拳，期望家中能有一文一武，保护全家人平安。可惜，弟弟英年早逝，家人的希望便寄托在了唐瑛身上。1943年，唐瑛从南昌师范学校（抗战时期，学校从南昌迁到遂川）毕业，被分配在吉安县横江小学担任教师。在当时的混乱情形下，为了保住工作，唐瑛与其他几位教师一道被迫集体填写了加入国民党的表格，但他一直在密切关注共产党的消息，了解共产党与国民党的不同主张，心中渐渐有了主意。

1949年，家乡解放。就在这年的8月，抱着"不让家人再受坏人欺负"的想法，唐瑛毅然放弃了教书，选择了参军。通过考试，他进入中国人民解放军第二野战军军政大学四分校学习。从此，唐瑛的入党之心就没有平息过。

1950年上半年毕业，毕业后的唐瑛，被学校留校负责训练起义军官，下半年训练工作结束，唐瑛被评为乙等工作模范。据唐老回忆，当时，学校改为中国人民解放军第三步兵学校，大队政委雷奉天安排他与其他59名同志一道去政治大队学习，毕业后下连队当指导员。

时刻严格要求自己，积极向上进取，唐瑛相信，只要自己足够努力，就一定能通过党组织的考验，得到党组织的认可。部队里有战士意志不够坚定，唐瑛就结合亲身经历，积极参与宣传教育工作，引导身边的战友坚定意志投身战斗，稳定军心；看到身挑重担的炊事员，他主动伸手，积极帮助；看到什么苦活累活，他都冲在前、干在先……他的优异表现，得到战友们和部队首长的一致肯定。在军政大学学习工作的7年时间里，唐瑛被部队委任过学习委员、班长、文化组长和团小组长等职务，1949年荣立特等功一次，1951年至1954年连续4次荣获三等功。

但由于对他的历史问题一直没有给出明确结论，唐瑛一直没能加入中国共产党，但他坚决跟党走的信念却从未动摇。

1955年4月，唐瑛复员回乡，被安置在吉安县林业部门工作，后又调到安福县人民银行，当信贷员；1957年至1963年，他被下放到东固山垦殖场下沙洲分场，当生产管理员，开荒、犁田、播种、施肥……无论是顺境逆境，唐瑛积极向上、争取入党的心思从未改变，同事们对他印象深刻，"只要评模范，就有他的份"。

有人问他，这么多年，你一直入不了党，为什么还这么热爱共产党，还要这么积极地为党工作？唐瑛总是用坚定的语气回答："信念，信念呀！因为我深信只有共产党可以救中国，共产党是全心全意为人民服务的党。"

二

中国共产党为什么"能"？马克思主义为什么"行"？中国特色社会主义为什么"好"……如果不是亲眼所见，很难想象一位年逾百岁的老人，讲起党的理论知识还能如此思路清晰、层次分明、滔滔不绝。

"他经常给我们全家人上政治课，像党的十八大、十九大、二十大这样的重大会议召开之后，都要及时召开家庭会议，带领全家人一起学习党的最新理论知识。"看大家担心老人体力不支，三子唐定中轻轻摆摆手说，"不用担心，他召开家庭会议的时候,经常一讲就是几个小时。"

读书,看报,了解时事政治,及时学习党的新思想、新观点、新论断,坚持做学习笔记,看到重要的国家大事、国际新闻,都要在挂历上仔细记录……这是唐瑛坚持了一辈子的好习惯。他立足自身学、联系实际学,在学习中不断提升自我、充实自我,以学习之举言传身教,为儿孙们树立榜样。

习近平总书记曾强调,"家风是社会风气的重要组成部分"。唐瑛一直都十分重视家风家教建设。

"他对自己要求严格,自己首先做到,再来要求子女做到",儿女们对父亲都十分敬佩。尽管已至期颐之年,但唐瑛从未放松过学习。党的二十大召开,他不仅及时收听收看党的二十大开幕、闭幕大会,认真阅读报纸上的相关报道,还及时购买了《党的二十大报告学习辅导百问》《二十大党章修正案学习问答》等书籍,认真系统地进行学习。

翻开唐老看过的书报,从一处处旁征博引的标注里,可以读出他学习时的深度思考。在场几位同志不禁感叹,"这学习深度、理论水平比一般党员还党员。"

唐瑛不仅以党员的标准严格要求自己,也同样严格要求自己的儿孙晚辈。他总希望自己的子孙后代好学上进,一代胜过一代。

二子唐昭中始终记得父亲的教诲,"从小父亲就教育我们要听党的话,他总是说,虽然我没有入党,但你们要积极入党,要成为真正的党员,而不是挂名党员。"三子退役后在银行工作,负责保卫工作时,有一回穿皮鞋回家,父亲批评他:"你负责保卫工作,怎么能穿皮鞋呢?一旦有坏人,你想追都追不上!"他负责信贷业务时,父亲又经常给他敲警钟,教育他千万不能乱来,要规规矩矩做事,干干净净做人。在父亲的教导下,儿子恪尽职守,表现优异,曾被中国农业银行总行评为先进个人。

对孙辈,唐瑛也不溺爱,还是学生的孙辈每个学期要写学习思想汇报,参加工作的孙辈要写工作总结,他一一认真阅读,并登记建档。到年底一一进行总结,有进步的,及时奖励;小进步,过年吃饭时当众表扬;评选为先进的,还要发给红包,以资鼓励……

一生热爱学习，一生保持着积极向上的姿态，唐瑛以自己不断学习、与时俱进的实际行动，对儿孙们言传身教，引领着整个家族的家风。

四世同堂，其乐融融。唐瑛叮嘱儿孙们："要知社会发展，如汹涌激流，唯是智者，方能分辨清浊，顺流前进。"在唐瑛的影响带动下，儿孙三代个个积极向上、思想进步，热爱党，热爱祖国，向往军营。目前，全家已有6位退役军人、8名共产党员。

三

唐瑛的日常生活十分简朴节约。

一件衣服，穿十多二十年都舍不得扔，哪里磨破了，就戴上老花眼镜一针一线缝好继续穿；一顿饭，一碗小米粥、几个红薯、两块鱼、一碟蔬菜足矣，多做一点、浪费一点都觉得心疼；一块手表，滴答滴答陪伴了他一生，也舍不得再买一块新的；一条毛巾，用得只剩薄薄一层细纱，他也不舍得丢，洗得干干净净，晾在一边用来擦手、抹桌子……

听说我们会来家里采访，唐瑛主动穿上了自己的"好"衣服，一件穿了近20年、还没有打补丁的中山装。他的床底下，放着一个木箱，斑斑驳驳的，还有许多被老鼠啃过的痕迹。二子唐昭中说，这个箱子父亲已经用了四十多年，里面装着他的全部家当。唐老当着我们的面缓缓打开，我们好奇地往箱子里看，里面只是整整齐齐放着几件补丁打补丁的旧衣服，再就是历年领到的各种勋章、纪念章……

我们感到纳闷，以唐老的退休工资及儿孙们对他的孝心，他完全可以过得更宽裕些、舒适些。

"我父亲不是没钱花，而是他自己舍不得花"，唐瑛退休后，二子唐昭中与父亲在一起生活多年，对父亲的生活习惯十分熟悉，"他一辈子教育我们要勤俭节约，他自己也从来不乱花一分钱。"

别人节约，是为了积攒财富给子孙后代，而唐瑛节约却是为了做他认为更有意义的事情。

自1955年开始，唐瑛就开始默默地参与慈善公益事业，从修桥补路，到资助贫困学生，到遇到天灾人祸、扶贫济困，他都尽己所能，悄悄汇款，奉献爱心。

1980年12月，唐瑛光荣离休，但他为党分忧、为民服务的心没有停休。

坚持锻炼身体，享受天伦之乐的同时，他每天坚持读书看报，关心国家大事，在新闻里看到国家哪里有困难了、谁家的孩子因为困难上不了学了，他都会主动伸出援助之手，自发向相应的组织寄出捐款，奉献自己的绵薄之力。

四川甘孜泸定县6.8级地震，他马上捐赠4000元；云南宁洱县2007年6.4级地震、5·12汶川大地震、2008年雪灾……他一个不落，及时捐款；先后向中华慈善总会、中国妇女发展基金会、中国青少年发展基金会、九江市慈善总会、吉安县慈善会等慈善组织捐款……

据家人统计，到目前，唐瑛收到有记录的捐赠证书35张，各种捐款收据91张。仅近20年，捐款总额就有10多万元。

全家人都理解唐瑛，也支持他的善举。但有时想起父亲的话语，三子唐定中还是忍不住潸然泪下。因为生怕儿女们为了自己铺张浪费，父亲在提前写好的遗嘱中交代道："病重之后，送去医院。医疗费虽国家负担，但以节约为原则。""不搞遗体告别，不开追悼会，只通知我工作单位安福农行和我同辈亲人，不告知朋友。"

"人的职业可以退休，但人的思维永无止境。即使对一个死去的人而言，他的行为或著作也会影响更多的后人……"端坐在木桌前，唐瑛郑重地用红笔划出了这段话。这，也正是他一直努力在做的。

他不仅自己勤俭节约，还叮嘱儿女，生活毋忘简朴，力戒骄奢。在遗嘱中，他还写下了这样一段话留给子孙："待人宜忠诚坦荡，牢记爱人者得人爱，敬人者得人敬，做到我助人不记功，人助我必感德。果能如上所述，进能振兴家庭，退亦能立于不败之地。"

退役不褪色，爱党报国心。唐瑛以平凡而光辉的人生，书写了一名退役军人对党和人民无限忠诚、为党的事业无私奉献的宝贵品质。

谢军谋

谢军谋所获荣誉

谢军谋戎装照

> 谢军谋，男，永新县人，中共党员，1925年12月生，1952年参加抗美援朝战争，战争结束后帮助当地恢复生产生活和重建。1957年2月复员回乡参加社会主义建设，担任大队党支部书记，任职期间淡泊名利、无私奉献，带领群众发展生产、改善生活，受到村民的爱戴。

谢军谋
带领乡亲奔富路

文◎贺小林

一

1950年，党中央作出"抗美援朝、保家卫国"的决策。同年10月，中国人民志愿军入朝参战。

朝鲜战争牵动着永新县澧田镇汤溪村上珠塘青年谢军谋的心，他立即报名参军，并随部队入朝参战。在接下来的4年多时间里，他参加了无数次战斗。在战斗中，他表现勇敢，被火线批准加入中国共产党，先后获得停战慰问纪念章、抗美援朝纪念章，并荣立三等功。

回国后，因他文化程度高，部队要他留下来做文化教员，但他毅然提出复员回村、建设家乡的要求，并郑重向部队递交了回乡申请。回乡后，他主动申请担任了永新县澧田镇珠塘大队党支部书记，带领村民投入到火热的社会主义建设中，谢军谋改变了家乡贫穷落后的面貌，成为村民脱贫致富的带头人，成了珠塘乡亲口中常念的"好支书"。

近日，笔者来到谢军谋老人的家中，倾听这位1925年出生，已是98岁高龄的抗美援朝老兵令人肃然起敬的动人故事。

二

1950年9月，美军在朝鲜半岛的仁川登陆，谢军谋所在部队被一道紧急命令调往山东青岛布防，防备美军从青岛登陆。后来，谢军谋所在的部队被调往东北，入编中国人民志愿军炮1师第33团，他和战友踩着厚厚的冰雪挺进朝鲜战场，踏上了抗美援朝、保家卫国的征程。

谢军谋的部队过鸭绿江时，天空中的美军飞机不停地狂轰滥炸，部队只能抢在敌机两轮轰炸的间隙过桥。为了尽可能减少敌机轰炸对桥梁的破坏，当时的桥面都是隐藏在水下30厘米，桥面宽1米左右，快速通过时一不小心便可能掉入波涛汹涌、冰冷刺骨的江水中。

为躲避敌机轰炸和侦察，入朝后部队昼伏夜行，战士们背着沉重的作战行装每晚行军二三十公里，在连续走了半个多月后终于到达指定地点，部队立即进入阵地准备战斗。

当时朝鲜正遭遇罕见的寒冷天气，山上北风呼啸，银装素裹，山下积雪没过膝盖，谢军谋和战友们的双手都长满冻疮，手指肿得像红萝卜，握枪都不方便，只能靠不断摩擦双手来保持手指灵活，以便随时能投入战斗。

进入阵地后的第5天清晨，美军开始了进攻。先是成群的飞机疯狂轰炸和扫射，紧接着是炮火的饱和攻击，躲藏在防空洞中的谢军谋耳朵震得嗡嗡响。

就在谢军谋还没回过神来之时，只听连长大声提醒大家："敌机过了，大炮停了，敌人要开始进攻了，马上进入阵地战位，不要慌！瞄准了再打！"

"瞄准了再打！"初上战场的谢军谋难免有点紧张。"我明明瞄得准准的，可枪响后未见敌人倒地，可能是由于紧张手有点抖的缘故。"谢军谋回忆时有点不好意思地说。

有了开第一枪的经验，谢军谋很快冷静下来，紧接着沉着地瞄准敌人连开3枪，枪枪命中，3个敌人应声倒地……就这样，谢军谋和战友们一起打退了敌人的多次进攻。

在朝鲜战场上，老人有太多的难忘经历。说起马连山战役，谢军谋老人的泪水便止不住地从那已经满是皱纹的眼角滑落。那是他离死亡最近的一次。当时，他负责电话接线的任务，战斗打响后，为了让自己的部队能与大部队取得联系，他和一位山东籍战友冒着生命危险去战壕旁接线。接线过程中，一颗炮弹就在自己身旁爆炸了，战友不幸牺牲。幸运的是，谢军谋因为有战壕的保护活了下来，但是一只手已经麻木了。为了完成任务，他用牙死死地咬住电话线，嘴角被电话线勒出了一条血红色的深印。最终，谢军谋出色地完成了任务。每当回忆起当时的场景，老人依然心潮澎湃："当时满脑子想的不是怎么活下来，而是想着怎么能出色完成上级交给自己的任务。"那场战役打了整整七天七夜，双方伤亡惨重，最终我军取得了胜利。

回想起抗美援朝战场上的艰苦生活，谢军谋老人不时陷入沉思，讲述也在断断续续中进行。谢军谋说："当年我们志愿军战士的生活艰苦程度是现代人想都想象不到的。出于战争的需要，我们只能轻装上阵，被子早扔了，冬天就在冰天雪地里露天睡觉。人累极了，一沾地就睡着了。第二天早上看看身边的战友，有的冻成了冰人，永远醒不过来了。经常吃的就是馒头、窝窝头。有时刚发下来就要行军，等有空要吃时，早冻硬了。"

而对于当年朝鲜战场上的战斗惨烈程度，至今想起来，他的心还在颤抖：敌人的武器太厉害了，他们用的是战斗机、大炮、坦克，而我志愿军用的大多是老式步枪。黑夜里，敌人的探照灯不停地扫向阵地，照明弹不时划过夜空，就像恶魔要把战友们的魂魄抓去似的。战斗打响时，敌人的炮弹骤雨般落在阵地上，强烈的冲击波四处激荡，战友们有的被震昏了，有的被炸死了。打到最激烈时，牺牲的战友没地方安葬，就放在身边。大伙儿顾不上抹泪，咬牙切齿地开枪、扔手榴弹，每次稍做休整，即将冲出坑道反击敌人时，战友们都会留下一个小包裹，里面装着自己的遗书和遗物，若能活着回来，就再各自取回。

三

采访中，谢军谋老人还深情地谈起了在战场上牺牲的同乡战友李松明，说起了他毅然决然要回到家乡珠塘的原因，解开了别人对他放弃美好前程，主动要求回乡当农民的难解之谜。

他和同乡战友李松明在同一个连队，经常并肩作战，经历过太多的惊险，可以说是生死之交。他们不是亲兄弟，可比亲兄弟感情还深。

谢军谋年长李松明几岁，因而李松明把谢军谋唤作"军谋老哥"，谢军谋叫李松明为"松明老弟"。两人的交情在部队是有耳皆闻，连队分派任务就经常把他们编为一组。

一次战役后，部队派出谢军谋和李松明去清查战场上是否还有敌军活口。一遍清查下来，没有发现战场有异样情况，谢军谋就放松了警惕。这时，躲在杂草丛中的一个敌军，见志愿军大部队已撤，只有谢军谋和李松明两个人在清扫战场，便举枪伺机偷袭。还好，李松明反应快，听到声响，火速回头，见杂草丛里伸出一杆枪，一个敌人正举枪对着谢军谋瞄准射击。李松明一个猛扑，把谢军谋推入战壕，自己却身中数弹倒在血泊中。反应过来的谢军谋连忙举枪反击，以战壕作掩护，一枪把躲藏在杂草丛里的敌人击毙。

李松明的鲜血流了一地，谢军谋跃出壕沟，直奔李松明而去。他抱起李松明，跪在战场上仰天哀叹。李松明的伤情太重，知道自己活不下去，他紧紧握住谢军谋的手，艰难地说："军谋老哥，我怕是不行了。参军以前，父母给我在家里介绍了一个未婚妻，叫刘桂媛。由于战情严峻，我还未跟刘桂媛拜堂就上了战场。我答应过她，等抗美援朝战争结束，就回去跟她拜堂成亲。看来，我是回不去了，还请老哥代我回去安慰她，要她有合适的男人就找过一个。还有，当年参军时，珠塘的父老乡亲都来送我，希望我能够勇立战功，回报珠塘，建设好家乡，这个愿望已经无法实现，也希望老哥能活着回国，回到珠塘，把家乡建设好……"

李松明终因失血过多牺牲在战场，谢军谋抱着李松明久久不放。他为失去一个好兄弟而痛心，也为李松明的救命之恩而涕零。在这危急关头，是李松明把生的希望留给了他，这份生死战友情，谢军谋一直铭记在心。他把李松明"希望老哥能活着回国，回到珠塘，把家乡建设好……"的嘱托永远铭记在心，成为他英勇杀敌的无穷力量，成为他毅然回乡的铿锵步履。

回乡后，谢军谋没有告诉刘桂媛她的未婚夫李松明牺牲的事实，怕她经受不住这种打击。就想着在适当的时候再来告知这一不幸的消息，好让刘桂媛有个心理准备。没有未婚夫李松明牺牲的讯息，刘桂媛自然就还有盼头。在刘桂媛心里，她一直坚信李松明还活着。她要在珠塘村的大樟树下等着她的未婚夫回来，当年，她就是在这棵大樟树下送走李松明的，他们曾经起誓约定，抗美援朝战争胜利后，要在这棵大樟树下再聚首。

谢军谋老人说，每次看到刘桂媛，他就会想起他的战友李松明，建设家乡的使命就更加迫切。有一次，中央慰问团来永新县革命老区慰问演出，谢军谋特意邀请了刘桂媛来观看。演出现场，一曲缠绵动情的《十送红军》后，刘桂媛闪着泪花，情不自禁地走上了舞台，说要找她的未婚夫李松明。大家了解情况后，无不动容。台上没有，她就到幕后去找，痴情守望的刘桂媛让人看了很是酸楚，也不知道该怎么告诉刘桂媛，就有人善意地骗她，说这次李松明没来，下次演出再带李松明回来看她。

演出结束后，谢军谋带着刘桂媛去了永新县革命烈士陵园，他想用这种方式让刘桂媛和李松明见面。

在密密麻麻刻有英烈姓名的烈士纪念碑前，刘桂媛一个名字一个名字地摸下去。刘桂媛不识字，自然不知道哪个是她未婚夫李松明的名字。但她摸得很仔细，不愿放过任何一个名字，在触摸中寄托着对于未婚夫李松明的思念。似有预感，刘桂媛在摸到李松明的名字时，手停顿了好久，且摸了几遍，让陪在一旁的谢军谋，心里咯噔了一下。

谢军谋没有告诉刘桂媛，这就是李松明的名字，他也不知道怎么告诉她。从永新县烈士陵园回来，谢军谋就劝刘桂媛再找个好男人，成个家。可刘桂媛死活不愿意，说要等她的松明哥回来，等他回来一起建设家乡。

见着刘桂媛刚才动容的举动，听着她"要等着松明哥回来一起建设家乡"的话语，谢军谋的泪就流了出来，像千斤重锤砸着他的心。"组织选派你到珠塘大队担任党支部书记，这是职务，更是一种荣誉和责任。全村人都在关注着你，就是期望你更好地带领大家脱贫致富，把珠塘大队建设得更加美好。"谢军谋说，澧田镇党委书记陈国祥在他担任珠塘大队党支部书记时的一席语重心长的谈话时常在他耳边响起。他也暗暗发誓，要让全村人民过上更好的生活。突然间，他感觉有千斤重担压在肩上。

四

1957年，谢军谋申请复员回到家乡珠塘村，担任珠塘大队党支部书记。当时正值国内经济困难时期，在那个特殊年代里，作为大队党支部书记的谢军谋一心一意抓水利建设，千方百计保粮食生产，探索出了一条以水利促生产的珠塘模式，得到了县、乡领导的高度肯定，并把这种模式向全县推广。

风风雨雨数十年，谢军谋带着乡亲们干过多少事？为了乡亲们干过多少事？现年78岁的村民谢明生老人对笔者说："提纲挈领主要是治山、治水、造田这三件事，但每件事讲给你听，几天几夜都说不完。"

20世纪60年代，珠塘都是光山秃岭。谢军谋决心让荒山长出摇钱树。但种什么，怎么种，就要因地制宜，实地勘察，科学规划。他爬上一座座山头，治山造林的规划在谢军谋头脑中渐渐清晰：大力种植松树，等松树成林后，通过采割松脂油增加村民收入。

珠塘第一次改造山河的计划实施了。经过近十年的努力，近千亩荒山披上了绿装，成片的松树林既保护了植被，绿化了村庄，还带来可观收入，成为全村人的"钱袋子"。直到今天，上了年纪的村民们看着这成片的松树林，都会不由得想起当年老支书谢军谋带领村民挥汗如雨植树造林的情景，竖起拇指感慨地说，这都是老支书用心血换来的啊！

珠塘，给人的感觉是水塘像珠子一般，到处都是。听上去山泉长流，水源充沛，但实际上那只是大伙儿对水源的美好期盼。20世纪60年代，村里人畜饮水都要到邻村去挑。特别是随着治山造林平整耕地工作的进展，缺水矛盾日益突出。谢军谋告诉笔者："不解决水的问题，粮食产量难以提高，治山成果难以保障，乡亲们摆脱贫困的愿望就难以实现。"因此，谢军谋找水治水的步伐从未停歇。

1961年，永新发生严重旱灾，珠塘大队一带大片农田被旱死。为防止来年再发生此类灾情，谢军谋决定修建沿陂堤坝蓄水。谢军谋带领村民战斗在第一线。当时条件十分艰苦，吃住都在工棚，谢军谋就用朝鲜战场的经历来激发大家的斗志。旧伤发作时，他痛得全身直冒汗，谢军谋咬牙坚持……经过三个多月的奋战，这座至今仍在发挥着作用的沿陂堤坝终于建成。

村东南的大水塘，蓝盈盈的，微风拂过，泛起涟漪，似乎在讲述谢军谋身先士卒挖水塘蓄水的故事。村民谢冬祥老人说，这里过去是片水洼地，谢军谋多方请教水利专家后，决定开挖大水塘。苦干一个冬春，这口蓄水大水塘终于竣工了。周围的百余亩旱地有了水的滋润，都被村民种上了蔬菜和经济作物，成了村民的取款"小银行"。谢军谋说："水给了乡亲们再也无法动摇的坚定信念，龙王爷绝不是救苦救难的神仙，只有跟着共产党走，靠苦干实干，才会走上富裕的康庄大道！"

因工作成绩突出，当时的澧田镇党委书记陈国祥要他到镇政府工作，而他一直情系着珠塘的乡亲，牵系着珠塘的发展，心系战友李松明的嘱托，拒绝了陈国祥的邀请。当时，陈国祥难以理解，珠塘的乡亲对谢军谋的拒绝都认为不可理喻，而谢军谋自己清楚，他始终有种使命在心，有种责任在肩，他不能为了个人的利益而不顾珠塘众多乡亲。他要带领珠塘的乡亲尽早摆脱贫穷，过上好的生活。

听了谢军谋的理由，陈国祥也不再强求，只是更加支持谢军谋的工作，一度把珠塘大队打造成县里的红星大队。几十年后，说起拒绝陈国祥邀请到镇政府工作这件事，谢军谋有些激动，说当时也想去，只是他不能去。为此，他的家里人颇有怨言，妻子周雪凤也常常责怪他的不可理喻，错失了一个很好的发展机会。

采访时，我再次问起谢军谋老人后不后悔时，他依然是挥着手，坚定地说："一点都不后悔。甘祖昌将军都回乡当农民，我一个复员老兵算哪根葱。担任大队书记这些年，能为家乡做点事，心里才踏实。比起在战场上牺牲的战友，我是够幸运了。能活到98岁，过上幸福的生活，也全托党和国家的福。"

谢军谋老人的故事还有很多很多，真是几天几夜也说不完。为了支援对越自卫反击战，他毫不犹豫地把二儿子谢小鸿送上前线；他多次动员毕业于东华理工大学的孙子谢峰参军入伍，保家卫国；村办集体企业缺技术人才，他把唯一的女儿谢小兰送到沿海地区学习先进技术，助力村办集体企业发展；他每年都要到附近的澧田中学、汤溪小学义务开展革命传统教育；他积极响应政府殡葬改革号召，带领村民主动上交寿木；他担任党支部书记，把珠塘村建设成为全县的先进村，把一个生机勃勃的山村交到后任手中。2020年，他的四儿媳尹小琼担任了澧田镇汤溪村（因合并，珠塘村并入汤溪村）党支部书记，谢军谋经常对尹小琼说："作为村支书，责任重大，使命光荣，要坚持把群众利益放在心头，群众最关心的事，就是党员干部最应该干好的事，让群众拥有更多的幸福感和获得感是村两委的奋斗目标和工作方向。"

采访结束，跟谢军谋老人告别时，老人紧握我的手感慨万千："和平幸福生活来之不易，没有共产党，就没有今天的幸福生活，希望你们铭记历史，勿忘党恩，勿忘先辈，珍惜今天的和平环境和安康生活，做好新时代共产主义事业的接班人！"

车驶出上珠塘村口时，我从车窗回首，谢军谋老人敬着军礼一直在目送我们离开。瞬间，有股热流在我的心头涌动，老人瘦弱的身影逐渐在眼前高大起来，让我肃然起敬。

五

退役老兵，一个时代的记忆，一段历史的见证，他们是新中国从血与火中崛起的亲历者。

和平年代的今天，九死一生的退役老兵们已是皓首苍颜、两鬓斑白，他们把自己最美好的青春年华奉献给了部队，奉献给了人民，奉献给了国防事业，一张张老照片、一枚枚勋章都深刻诠释了革命先辈们为了崇高理想，为了国家和人民前赴后继、不畏生死的英勇事迹。正是老一辈革命战士的大无畏精神，战胜了一切外来之敌，使中国能够昂首挺立在世界舞台。

历史是最好的教科书，千千万万像谢军谋一样的退役老兵浴血奋战、不怕牺牲、建设家乡的精神是我们的宝贵资源，我们应该向他们学习，把老一辈的革命精神赓续传承。

追梦百年恩
报答党

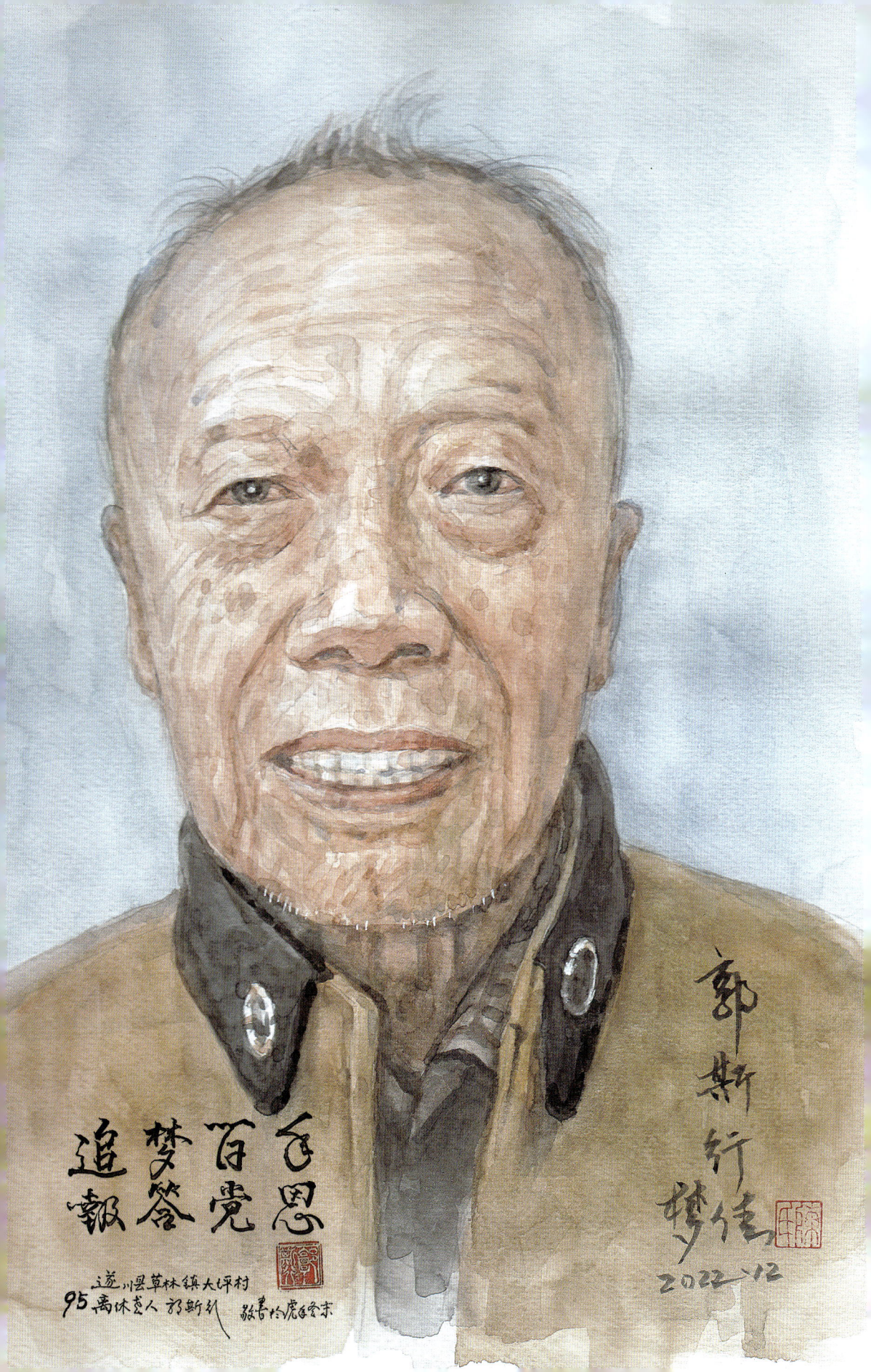

遂川县草林镇大坪村
95岁离休老人 郭斯礼 敬书于虎年岁末

郭斯行
梦佳
2022.12

郭斯行

郭斯行所获荣誉

郭斯行的铁皮箱

郭斯行参加宣讲活动

郭斯行，男，遂川县人，抗美援朝复员军人，1928年4月生，1949年9月参军，1955年1月复员后返乡担任小学老师，期间荣获全国农村体育工作积极分子、江西省开拓老龄事业先进个人、老干部工作先进个人、关心下一代先进工作者、"全省最美家庭""江西好人"等荣誉。2020年11月，荣登"中国好人榜"，2021年被评为吉安市"最美退役军人"。

郭斯行
铁皮箱里放光芒

文◎欧阳国

一

我们在深秋来到遂川县草林镇。眼前是一幅墨色的山水画，苍山如海，青绿色仿若汹涌的波涛在身旁涌动。草林镇就像是一口巨大的井，被连绵起伏的群山包围。高山之处，云雾缭绕，影影绰绰，神秘的面纱似乎藏匿着时代的风起云涌，还有人间的悲欢离合。精致的左溪河从草林镇穿流而过，河岸是修葺一新的红色圩场。悠悠岁月，置身红色圩场，仿佛回到历史现场，一切似曾相识。

草林镇地处湘赣边界，位于遂川县城西南、井冈山南部。1928年1月，红军在这里开辟了首个红色圩场，成为井冈山下首个红色经济试验田。史料记载："草林圩上逢圩（日中为市，三天一次），到圩两万人，为从来所未有。"从寂静的山村出发，中国革命走出了一条光明大道，无数井冈儿女远走他乡，踏上革命的道路。这片红色的热土生长着普通人家柴米油盐的日子，也孕育了举世闻名的人间壮举。

历史回到95年前，同样是深秋，部队鱼贯而入走进井冈山，一道光划破罗霄山脉的苍穹，五百里井冈山开始风雷激荡。此时的郭斯行，是一个躁动于母腹中的快要成熟了的婴儿。1928年春天，郭斯行出生在遂川一个小山村。从小生长在红色土地上的郭斯行，身体里流淌着革命的鲜血，注定了他的一生与军旅生涯有着不解之缘。

青山悠悠，流水汤汤。我们穿过左溪河，走进小道，不一会儿来到了郭斯行老人家里。我们终于见到了95岁高龄的老人。

郭斯行老人早已等待着我们的到来。他从箱底取出军装穿在身上，胸口挂满了金色的勋章。闪闪发亮的勋章擦拭时间的灰尘，照亮历史的天空，诉说着一个个悲壮的故事。一道光推开了时间之河的闸门，九旬的郭老身体里像有一条奔腾的河流，回忆起抗美援朝的峥嵘岁月，他变得滔滔不绝。他举起双手，高声呼喊："对准敌机，要打得准，打得狠，打得猛，一架也不能让它走！"郭斯行老人将众人的思绪带回残酷的战场，我仿佛看到一群战士义无反顾地向敌人的子弹冲去，他们的身体在弹雨之中砰然倒下。老人喊得声嘶力竭、气喘吁吁。我们怕他过于激动，安慰他停下来。老人依然沉浸在回忆之中，他泪眼汪汪，眼睛里浮现的想必是那些牺牲的亲密战友。

郭斯行老人将他的证书、奖状、照片、书籍等摆放得整整齐齐，指着这些物品讲述着它们的故事。

二

1945年，日本宣布无条件投降，抗日战争宣告胜利。18岁的郭斯行正在念初中，他就读的江西私立赣省中学是全省著名的学校，抗战期间由南昌迁至遂川县，随着抗日战争的全面胜利，学校决定迁返南昌原校址。郭斯行父亲借机动员他辍学经商，他却背着父亲，偷偷地携带赣省中学的转学证、成绩报告单、学校鉴定材料等，前往泰和县新生中学。

时值酷暑，郭斯行身无分文。为筹措学费，郭斯行当起了毛边纸的销售员，他来到当时的禾源上方紫阳毛边纸生产厂家，将样品带到泰和县城，与商店对接，签订合同。早晨，郭斯行和同伴从遂川出发，他们肩挑行李和毛边纸，到泰和县白露街（今泰和县苏溪镇）时已经天黑了。他们在白露街住一晚，第二天一早又出发，下午4点到达泰和县城。通过销售毛边纸，郭斯行解决了两年的学费和生活费。

接下来的日子，郭斯行全身心投入学习中，虽然初中落下了不少功课，不过他后来居上，成绩名列前茅。郭斯行父亲看到他成绩优异，便鼓励他认真念书。不过，让父亲没有想到的是，郭斯行又一次违背他的意愿。20岁时，郭斯行放弃学业，邀集胞兄郭遂新、堂弟郭健生、表弟刘瑞林，在1949年9月24日一大早直奔遂川县城，参加中国人民解放军。

1950年11月，郭斯行奉命随部队离开遂川，经过半个月的步行和换乘车船，郭斯行随部队抵达辽宁省锦州市。此时，北方的天气开始变冷，来自南方的郭斯行克服困难，很快适应环境。他被编入高炮61师第603团第2连任文化教导员兼战地宣传员。

作为一名战地宣传员，郭斯行清楚认识到，全连指战员的战斗情绪和自己的工作有着密不可分的联系。他不仅白天在练兵场与战友一起练习，还风里来雨里去出战地快报、编快板、打竹板，鼓励战士保持高扬的士气。晚上，郭斯行还时刻活跃在连队，为战士读报、讲故事、谈心，与战士们建立了亲密的关系。因为工作突出，在锦州练兵结束时，郭斯行受到师政治部的通报嘉奖和表彰，荣立三等功。在经过一个月的训练后，全体指战员很快掌握了"三七"高炮的战术，时刻准备投入战斗。

高射炮部队在朝鲜战场的主要作战任务是对空射击，哪里敌机最疯狂就到哪里去。当时，朝鲜公路被敌机炸得坑坑洼洼，高低不平，很难行走。为避免暴露，部队选择在晚上摸黑行军。滂沱大雨之中，他们推着炮车在淤泥中缓慢前行。车轮时常陷入泥泞，他们走得十分艰辛，有时候一个小时难走一公里。在夜行军中，郭斯行经常看到公路两旁的朝鲜民房被敌机炸成废墟和焦土，有的房屋还在燃烧，浓烟滚滚，火势惊人。一些来不及逃离的百姓被炸死炸伤。眼前的一幕幕激发了郭斯行和战友们的参战斗志，他们冒着敌人的炮火冲过一道又一道封锁线。

1951年3月29日下午6时许，郭斯行所在的高炮团接到紧急命令，他们要在当晚8时转移至"新西大桥"阵地。这是一座从中朝边界新义州通往前线的必经桥梁。深夜，高炮团抵达大桥。为了摸清敌情，郭斯行马不停蹄走访大桥附近隐蔽在山沟里的当地百姓，了解敌机活动的情况。他们掌握到每天早晨6时到7时，会有敌机来轰炸"新西大桥"。次日清晨6时许，果然有一群飞机从北面朝大桥方向飞来。早有准备的高射炮，在团指挥部的一声令下，对准敌机猛烈射击。为鼓舞战士士气，郭斯行在阵地中心山顶手举广播话筒呼喊："同志们，打得好，打得好！鬼子再也逃不了……"在郭斯行的鼓舞下，战士们的战斗情绪一浪高过一浪，猛烈的炮火包围了敌机。不到半个小时，9架来犯敌机被志愿军击落8架，战斗胜利结束。次日，团部传达了志愿军炮兵总部给炮兵团全体指战员通报嘉奖的特大喜讯。

也就是在这场战斗结束后，郭斯行奉命参加寻找击落敌机小组的任务，在战后的废墟中，他意外发现了一只外壳击凸英文"AMMUNITION BOX"的钢铁质地的弹药箱。经组织批准，郭斯行收藏了这件纪念首次作战获胜的"传家宝"。

这只小小的铁皮箱从此一直跟随郭斯行，它像一个充满力量的魔盒，每天带给郭斯行前行的动力。他将奖状、信件、宣传资料等放在铁皮箱里，提着它行军，郭斯行感觉浑身是力量。在给战士们宣讲时，他从铁皮箱里拿出宣传资料，讲课站累了，他就坐在铁皮箱上给战士们宣传。

郭斯行所在部队归国整编后二次入朝作战，奉命接受上甘岭战役的二线待令上阵战斗任务。上甘岭战役中，在敌人火力猛烈地打击下，志愿军一线官兵坚守在坑道内，像一根根钉子丝毫不动。在这种极端艰苦的环境下，中国人民志愿军和朝鲜人民军并肩作战，最终取得了上甘岭战役的胜利，创造了了不起的奇迹！

1952年5月12日下午3时许，郭斯行正在朝鲜北川阵地给指战员执行宣讲任务，突然，6架敌机凶猛地向高炮阵地俯冲投弹、扫射。郭斯行回忆说："在一般情况下，我应立刻隐蔽起来，但面对这种突如其来的紧急情况，如果只考虑个人安危，飞跑隐蔽到安全去处，必将暴露整个部队的目标，给部队造成严重损失。"于是，郭斯行果断决定，就地卧倒一动不动。后来，部队对敌机进行了猛烈射击，敌机仓皇而逃。

战斗结束后，指导员找到郭斯行，语重心长地鼓励他说道："一个战场上的知识分子，为了不暴露整体目标，不顾自身安危，严守军纪，这种精神是很可贵的，今后值得发扬下去。"指导员的话让郭斯行深受教育，他一生始终铭记指导员的话，将集体利益摆在个人利益之上。

1953年7月27日，抗美援朝战争宣告结束。随后，郭斯行随部队回到了祖国。残酷的战争，让郭斯行落下了一身疾病，他患上了严重的风湿性关节炎和肠胃疾病，还有夜盲眼。

和郭斯行回国的还有他心爱的铁皮箱，这只和他在战场上出生入死的铁皮箱，似乎成为他生命中不可缺少的部分。

三

1955年，郭斯行带着铁皮箱回到了遂川，在草林水北小学担任一名教师。

天气转冷，郭斯行的关节炎就会反复发作，浑身难受。他谢绝校领导要求他卧床休息的好意，执意每天拄着拐杖缓慢地走进教室。第二年，郭斯行因为教学成绩优异，被提拔担任学校教导主任，他感觉自己身上的担子更重了。于是，他吃住在学校，一心扑在教育事业上。

1971年，郭斯行调至端源小学担任学校负责人。这所小学地处交通极不方便的深山沟，在校学生仅40余名，祠堂和民房暂作教室、办公室，光线弱，上课分散，每逢雨天更难管理。此情此景，郭斯行看在眼里，急在心里，他决定自力更生建校舍。他绞尽脑汁，四处筹措资金，经过三年努力，新校舍终于落成。1974年，端源小学的学生人数增加到百余名，学校教学质量也从全乡第二十余名跃为第一名。

在端源小学任教期间，郭斯行看到农民知识匮乏，于是他又办起了农民夜校，白天给学生上课，晚上教农民知识。郭斯行先后有近两百名农民学生，他们在农民夜校学会了珠算、农技等课程。郭斯行办农民夜校的事迹受到了吉安地区的肯定，上级还专门到端源村召开农民夜校现场会，总结和推广他开办农民业余教育、带动农村经济发展的经验。

1979年下学期，考虑到郭斯行的年龄和身体原因，组织将他从端源小学调回离家近的水北小学。离校那天，伴着鞭炮声、锣鼓声，村民们挑着满满6担农家礼品一路步行护送郭斯行。

1992年4月，郭斯行离休。他继续发挥着光和热，先后在草林文化站、关工委等工作岗位任职，并成为老干部中心、老龄委、老年体协活动骨干。他还坚持办好文体活动，开放图书室、阅览室，对劳动、文明典型进行宣传报道，义务到中、小学校讲学一百多场次。

退休后的郭斯行到处义务开展"红色讲座"。他给父老乡亲、党员干部和青少年讲志愿军的战斗故事，每次他都要说到自己心爱的宝贝——铁皮弹药箱。每次讲座，他都情绪饱满，讲得滔滔不绝，让听众深受教育，常常是感动得热泪盈眶。

郭斯行还坚持担任学生们的免费课外辅导员，始终关爱下一代。为了给学生提供优质的学习环境，他倾心打造自家花园，前来接受辅导的学生多的时候一天有三十余人，三十多年如一日，从未间断。

郭斯行还热心资助贫困学子，创办爱心育才奖学金，连续7年奖励莘莘学子，替困难学生交学费，给学生购买学习生活用品等，扶贫济困现金及物品累计10万余元。郭斯行免费辅导、资助的学生已近2000人。

郭斯行的先进事迹多次在江西电视台、《江西日报》《井冈山报》等省、市媒体报道，获得过国家、省、市、县相关部门的肯定和表彰五十余次。他先后荣获全国农村体育工作积极分子、江西省开拓老龄事业先进个人、老干部工作先进个人、关心下一代先进工作者、"全省最美家庭"、"江西好人"等荣誉。2020年11月，郭斯行荣登"中国好人榜"。2021年，他被评为吉安市"最美退役军人"。

郭斯行说："生命不息，奉献不止。我最大的愿望是继续为党、为人民做自己力所能及的事。"他的精神照亮他人，也照亮时代，永远散发着无限光芒，这是革命的光芒，是历史的光芒，也是时代的光芒。

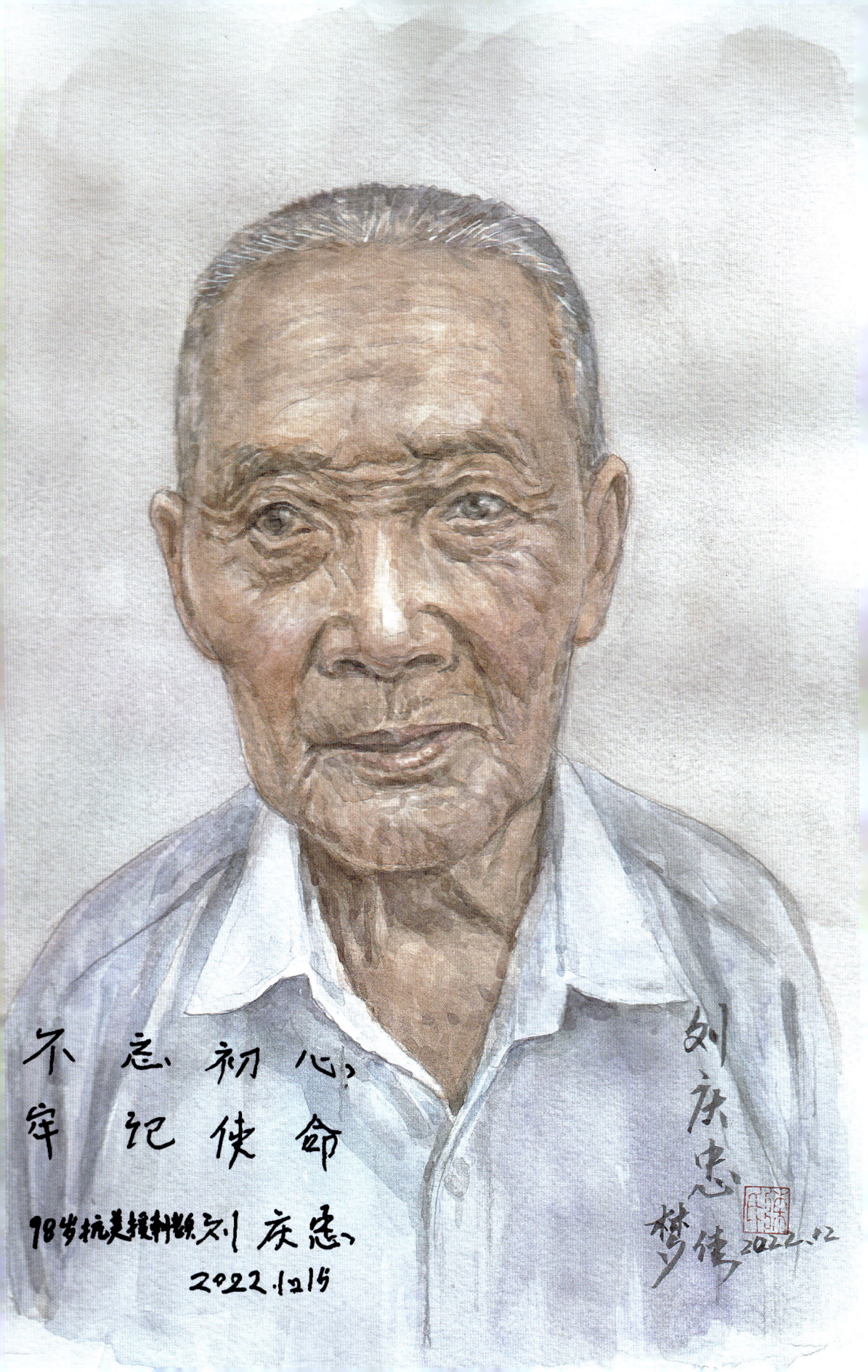

不忘初心,
牢记使命
98岁抗美援朝战士刘庆忠
2022.12.15

刘庆忠
梦佳 2022.12

刘庆忠

刘庆忠所获荣誉

> 刘庆忠，男，永丰县人，复员军人，1924年9月生，1949年5月在上海参军，1952年8月参加抗美援朝，在朝鲜北山前线任通信员，1953年2月在朝鲜平康支援建设，任第23军第67师第201团通讯员，1955年1月回国，同年4月复员返乡务农。

刘庆忠
不怕流血和牺牲

文◎郭伟

一

"我还记得1947年的那个大年三十，我从做零工的地主家里回家过年，万恶的国民党反动派呀，用一根长长的粗粗的竹竿像绑野猪一样把我绑起来，抓我去做壮丁，让我连年都没有过呀！万恶的国民党反动派，不把我当人看，村里的人就这样看着我被抓去呀！"

这是我从录音中整理出来的一段文字，也许大多数人看着并没有感觉，可是当我回过头来从录音中再听到他几乎声泪俱下地述说往事时，回想起老人在采访中泪眼婆娑的神情，我清醒地意识到如鲁迅先生笔下会吃人的社会是曾经真实存在的。我从这段录音中仿佛看到刘庆忠老人被国民党反动派将双手双脚绑在竹竿上，由两个人扛着满村游行的情景，我也在后续的录音中真切地认识到了那个黑暗的年代。

刘庆忠于1924年9月出生在永丰沙溪镇周家排村，家里共有五个兄弟姊妹，他在家里排行老三，是家里唯一的男丁。他的身世极为悲惨，母亲怀胎八个月时，父亲就因为与母亲吵架上吊自杀了，他一出生就是全村过得最为凄惨的。他自小就懂事，13岁开始在家种田，19岁便去附近的大村庄里给地主家里做零工，撑起这个家。

他永远记得那一年的春节，好不容易将手上的零工全部做完，准备高高兴兴地回家过年，结果刚一进村，还没有走到家门口，就遇见一群穿着军装的国民党士兵在抓壮丁。

"那个时候，我就在家门口边上，他们四五个人冲过来，按住我的手和脚，任我怎么反抗和挣扎都没有用，拿农村捆猪的粗麻绳来绑我的手和脚，把我的手和脚一起绑起来，吊在一根竹竿上，连夜就把我抓起来用车运到白塘去，我连年都没有过。"说到这里，他哽咽了一下。

于是，他就这样被迫跟着国民党士兵从吉安禾埠桥到白塘，再到南昌，等待发落。他最开始时是在南昌的监狱里做监工，负责看守犯人、给犯人送饭，后来又去了武汉，再到江苏太仓，最后一路到了上海。

他还记得自己在国民党的队伍里时时刻刻想跑回家，可是根本不敢跑，因为如果被抓到就会遭受毒打，皮开肉绽、鲜血淋淋都没有人可怜。那个时候被抓的壮丁如果反抗厉害，很多都被打伤后得不到救治，活活受折磨而死，国民党的部队根本不管，就这样随意抛尸路边。那个时候他不敢反抗，只能按照那里的规矩忍气吞声。

二

"那个时候，我在国民党这边当过跑腿送信的通信员，也当过冲锋枪手，但那都是被逼的，因为国民党的长官都拿我们这些壮丁当炮灰，打起仗来就让我们往前冲，很多时候枪一响，不知道有多少人要倒下，都没有人收尸。那一年（1949年），我刚从江苏太仓派到上海去，听说共产党要解放上海了，我就想着我有救了。那个时候我们根本都没有怎么抵抗，大家全跑了，我那个部队就剩下我和其他两个人等着人民解放军来。"他的眼里有些恍惚，眼神里有着光，似乎那是他人生中最幸福的日子。

"后来，人民解放军来了，打跑了国民党部队，我主动把手中的枪交出去，第一个跑出去告诉那些解放军战士，我要参加解放军，我要像你们一样。"他说也许是因为自己主动投降，人民解放军的领导第一时间接纳了他，并且给他发了军装，他高兴得好几天睡不着。

"我在解放上海时，吃到了梦中最想吃的猪肉，那也是我这辈子吃过的最好的东西。"他在1949年5月参加人民解放军，任第23军第67师50式冲锋枪手。

"自从参加了人民解放军，这么多年我第一次回到了自己的家乡，见到了自己的亲人。那个时候，我打心底里觉得解放军真的是人民的军队，我跟连里说想回家，连首长直接特批我们回家探亲。"

1949年9月至1952年8月，刘庆忠任第23军第67师通信员。1952年8月，他参加抗美援朝，在朝鲜北山前线任通信员。

三

"我跟部队里写申请书，主动申请要去抗美援朝，那个时候我不会写字，就找了部队里会写字的战友帮我写申请书，我坚决表明自己的决心，我一定要去抗美援朝。我还跟着部队在鸭绿江边发誓，不怕流血，不怕牺牲，永远冲锋向前，为人民服务到底。"刘庆忠跟着部队，一起唱着那首军歌："雄赳赳，气昂昂，跨过鸭绿江。保和平，为祖国，就是保家乡。中国好儿女，齐心团结紧，抗美援朝，打败美帝野心狼……"就这样，他踏上了去往朝鲜北山前线的征程。

"刚到朝鲜北山，我在前线当通信员，就经历了一次战斗，好几次子弹擦着我的头皮飞过，我一度产生过要后退的想法。可是我想起在鸭绿江边的誓言，为了证明自己的决心，我一路往前冲，坚决不后退。"他说其实很多人不知道通信员到底做什么，他在那个时候的工作就是在前线与后方整理缠成乱麻的电话线，然后从中理出这些电话线对应的电话机。"那个时候，很多人都不知道在战争中通信有多么重要。部队里的首长和班长告诉我们，战场上千变万化，我们的手脚要足够快，足够利索，才不会贻误战机。"说话间，他的手也在不自觉地向我们演示着自己当年怎么快速从一团乱麻的电话线中理出线头，然后迅速地抽丝剥茧，把线赶快接起来的动作。

1952年9月至1953年1月，刘庆忠在朝鲜北山前线任第23军第67师第 201 团冲锋枪手。

"我当冲锋枪手的时候，身上的装备是一杆枪、一把刀（马刀）、4 个手榴弹、1 把工兵铲、100 发子弹、2 个快速手雷。我真想自己也能上正面战场跟敌人面对面打一场，只可惜我个子不够高大，组织上考虑我还是一直留在后方，做好后方工作。要知道，当年被抓壮丁时，我就当过冲锋枪手，还教过那些新兵蛋子怎么组装枪支弹药。不过现在想来，后方也是战场，做好后方工作也很重要。"刘庆忠老人边说边比划着当时怎么组装枪支的步骤，眼神中充满着兴奋与激动，那一瞬间，他似乎回到了抗美援朝的岁月中。

1953 年 2 月至 1955 年 1 月，刘庆忠任第 23 军第 67 师第 201 团通讯员。在这期间，他学会了朝鲜话，并且在平康支援建设。

1955 年 1 月，刘庆忠跟随部队回国，同年 4 月复员回乡。

四

复员回乡后，刘庆忠去了吉水白沙种田，也去过水南修水库。"修水库的时候很苦，天大旱，还要下去挖沙、挑沙，可是我是从部队里出来的，不能叫苦，要给其他工友们做个好榜样。"说着，他向我展示手指间的老茧和伤痕。

他说自己这一生都是老老实实本本分分，村里的干部叫他做什么他就做什么，发挥着自己作为抗美援朝老兵的示范作用。

"我现在已经 98 岁了，复员回到家里一直种田，老老实实本本分分做人。其实在哪里都是过日子，关键是要听党话、感党恩、跟党走。我唯一的遗憾就是自己文化水平太低，没有入党，错过了很多机会。可是我也不后悔，也没啥好后悔的。现在，我们的国家建设得越来越好了。尤其是 2012 年党的十八大以后，我们进入了新时代。我看到关于抗美援朝的电视剧和电影都特别感动，它们时常让我回想起战场上的那些难忘的岁月。现在，我每个月都有补助，抗美援朝出国作战 70 周年纪念的日子，我还得到了国家发给我的抗美援朝纪念章，非常感谢党和国家对我们退役老兵的关心和关怀。我也坚信我们的国家会越来越好，我们的祖国一定会国运昌盛！"

在我们的国家,像刘庆忠这样的退役老兵还有很多,无论是在前线还是后方,他们都在用自己的生命捍卫国家的和平与繁荣昌盛。当年他们曾在鸭绿江边发誓,"不怕流血,不怕牺牲,永远冲锋在前,为人民服务到底",他们用行动捍卫自己的誓言,为祖国的繁荣昌盛前赴后继、义无反顾。正因为有他们的无私奉献与牺牲,才有我们今天的幸福生活。

中國人民万岁！

帅兵仔老兵
2022年 12月8号

帅兵仔
泽斌
2022

帅兵仔　　　　　　　　　　　　帅兵仔所获荣誉

帅兵仔和老伴

> 帅兵仔，男，新干县人，中共党员，1933年6月生，1950年11月入伍，分配在第119师步兵连，先后从事通讯员、电话兵、卫生员等工作，1953年7月抗美援朝战争结束，留在朝鲜支援当地的基础建设，1957年归国复员回家，担任家乡民兵连连长，负责训练民兵直至退休。

帅兵仔
闲不住的"兵"

文◎邓勇伟

东方晨曦渐露，新干县沂江乡务丰村年逾九旬的退役老兵帅兵仔和往常一样起了个大早。他一手拿着瓢，一手提着小水桶，步履蹒跚地向自家菜园走去。"好久没落雨了，地里不浇点水，菜都要死光哩。"帅兵仔微笑着说。

出生在农村，少年时放过牛、砍过柴，青年时奔赴朝鲜穿越枪林弹雨，复员后又回村当上民兵连长，成了公社维护稳定和劳动生产先锋，老了就在家乡颐养天年，帅兵仔这辈子一直在"兵"与"民"中不断切换身份。如今，虽已是耄耋之年，但闲不住的他仍不知疲倦，用力所能及的行动，为家乡做着自己的贡献。

2022年10月20日这一天，得知笔者是专程来采访记录抗美援朝老兵英雄事迹的，帅兵仔收拾好工具，拢了拢满头银丝，特意换上了县里为他们这些抗美援朝老兵统一发放的"老军装"，又庄重地将抗美援朝纪念章、和平万岁纪念章别在了胸前。宾主相继落座后，一段埋藏在帅兵仔人生记忆里的陈年往事，抽丝剥茧般慢慢显现在我们的眼前。

一

1933年，帅兵仔出生在新干县沂江乡一个普通的农民家庭。原本祖上算是大户人家，经济条件也还不错，但到了帅兵仔爷爷这辈已家道中落，父母以务农为生，仅凭地里的收成养家糊口。

帅兵仔的父母共生有三个子女，帅兵仔在家中排行老二，上面一个姐姐，下面一个弟弟。作为家中长子，帅兵仔从小就和姐姐一起帮着父母干农活，什么放牛、砍柴、犁田、挑水、担粪等活计，他一件不落、样样拿手。都说"穷人的孩子早当家"，在父亲因病去世后，帅兵仔更是主动承担起了减轻母亲负担、照顾一家冷暖的重任。现在12岁的孩子还大都承欢膝下，但那时，12岁的帅兵仔却不得不过早地扛起了生活的重担。

"那时大家的条件都不好，我们身上穿的衣服不是用大人的旧衣服改的，就是邻居大孩子穿旧的。要想能吃饱饭那更是件不容易的事，平时都是南瓜、土豆、芋头什么的，只有在过年时才看得到一点荤腥。"回想起少年时的贫寒家境，帅兵仔连连摇头。

长期营养不良，导致帅兵仔比同龄的孩子矮小一些，以至于同村大人看到帅兵仔在地里干活都会笑话他，说他这人都还没有爬犁高，还去扶犁呢。但帅兵仔不理会这些，一次做不好就多做几次，慢慢地在妈妈和姐姐的悉心指教下，帅兵仔熟练掌握了犁田的要领。

除了地里的活，上山砍柴帅兵仔也不落后。别看他个子不高，但力气却比一般的孩子大，那时的他已能轻松扛起二三十斤的柴火。然而即便这样，对于一个十来岁的小孩来说，上山砍柴也是困难重重，且不说蛇虫鼠蚁的侵害，单是负重太多，在雨天山路湿滑的情况下，也会给帅兵仔带来不小的麻烦，划破衣衫、割伤手脚更是常事。

1949年，新中国成立后，党和政府非常重视提高农民群众文化水平，教育部也发出了"关于开展冬学工作的指示"，以识字扫盲为主，兼学政治、时事，帅兵仔在这时接受了新文化、新思想的教育。此时恰逢公社里组织起了农民联合会，帅兵仔积极要求上进，并在大队书记的鼓励下，参加了农会，还当上了民兵，配合公社开展土地改革和地方维稳的工作。

二

1950年底，农村青年在党中央的号召下，踊跃报名参军。他们骑着马，胸前挂着大红花，在亲朋好友的欢呼声和祝福声中，开始保家卫国的军旅生活。那年，帅兵仔也和大家一样，报名参了军。

就在帅兵仔参军的那年，朝鲜战争爆发，美国武力干涉，新中国受到严重威胁。中共中央毅然作出抗美援朝、保家卫国的决定，组建中国人民志愿军入朝作战，全国迅速掀起参军、参战、支前热潮。

1951年2月，新干县也开始征召志愿军。帅兵仔第一时间响应号召加入了中国人民志愿军的行列。

新干县的志愿军集结后没多久就收到出发的通知，要求他们立即做好准备，奔赴朝鲜战场。知道这次是真要扛枪上战场，此去生死未卜，帅仔兵不忍跟母亲告别，只是叫来了弟弟，嘱咐他要好好照顾家人，等待他们凯旋的好消息。

从新干县坐船到了清江县（现樟树市），然后，从清江乘坐火车一路北上，跨过鸭绿江，向朝鲜战场挺进。这是帅兵仔人生中第一次坐火车，但他却没有一丝新鲜感和兴奋劲。"当时车厢里的人都互不认识，大家更没有心情闲聊，都在心里憋着一股劲，那就是要把美国鬼子赶回去，早日打赢这场抗美援朝保卫战。"帅兵仔回忆道。

火车在路上摇晃了一个星期左右，帅兵仔他们才进入了朝鲜境内。一入朝，部队便遭遇了美军飞机的偷袭，一些提前下车的战士不幸中弹牺牲。跟帅兵仔同村一起加入志愿军的孙伍根，在离他不足百米的地方，被敌人的飞机扫射击中头部当场牺牲。惨烈的情景，令帅兵仔初次见识到了战争的残酷。

战友在身边挨个倒下，帅兵仔不但没有畏惧退缩，反而更坚定了他参战的决心。"那时根本没时间给你胡思乱想，哪怕一秒钟都是在跟死神做斗争。只能在心里默念，既然来了就不怕流血牺牲，不惜一切代价也要打败帝国主义侵略者！"帅兵仔坚毅地说。

到达朝鲜战场后，帅兵仔被分配到第119师第357团。当时，我军与美军武器装备相差悬殊，美军能进行全天时作战，受限较少，帅兵仔他们只能利用夜间和气象条件不利于美军飞机出动的白天组织部队行动。

冒着漫天鹅毛大雪，帅兵仔和战友们经常通过夜间奔袭躲避敌军严密的炮火封锁，寻找逐个击破的机会，有时为了赶赴战场，他们需要连续赶路三天三夜，饿了就啃点高粱、麦麸做的干粮，就着冰雪下咽。然而，就是在这样极其艰苦恶劣的条件下，经常在鬼门关外穿行的他，还是凭着机智和小心一次次漂亮地完成了任务。

在坪村南山战斗中，帅兵仔表现英勇，和战友击退了敌军一次次的反扑，成功守护了战斗的成果。尤其是在后来再接再厉重创了敌军，有力地配合了上甘岭战役的开展。

三

1953年7月27日，抗美援朝战争胜利结束。帅兵仔随部队回国，先后来到辽宁省旅顺、大连、锦州等地修路搞建设。这期间，他因工作积极认真，圆满完成了上级交办的各项任务，并通过团组织的考察，于1956年3月正式加入中国共产主义青年团。

1957年，二十四岁的帅兵仔复员，回到了阔别已久的家乡。返乡后不久，他便在母亲的安排下娶妻成家。参军前帅兵仔曾读过四年书，当兵时他又在教导营里学习过文化、军事知识，所以，生产大队的干部对他特别信任，每次有重要的文件或者报纸消息，大队干部都会叫他去作大会文件宣读员，帮大家读文读报。

1972年，有着七年从军经历、各项综合素质过硬的帅兵仔被推选为村里的民兵连长，负责全村民兵训练、征兵和维稳工作。每到入伍季，他都会上门上户做预征入伍青年的思想工作。这时，令帅兵仔引以为傲的抗美援朝经历，就成了他宣传"一人参军、全家光荣""部队是大熔炉，能助人成长成才"的有力证明，而他的战斗故事，更令大家钦佩。许多应征青年在他的感召下，也纷纷加入了军营，为维护国家稳定和发展贡献力量。

帅兵仔为人正直热情，深得群众信任。曾经"有困难，找兵仔"这句话在村里广为流传，可见当时帅兵仔这个民兵连长在群众中的威望有多高。然而，面对家长里短、鸡毛蒜皮的农家事，特别是牵扯到各自利益的事，即使威望再高也不是一句两句话就能解决的。

"有一次村里一户婆媳闹矛盾，双方都很激动，以致发展到了肢体冲突。我本来是好意上去劝架的，谁知道我一没留神，就挨了这个媳妇娘家人几拳。当时就崩掉了几颗牙，满嘴是血。"帅兵仔苦笑地说，虽然自己莫名地挨了打，但看到他一嘴血，当时双方一下子就冷静了下来，在帅兵仔动之以情、晓之以理后，问题终于得到了圆满的解决。

1991年，沂江乡水西江大队林场需要人去开荒造林。虽然知道造林很辛苦，但帅兵仔还是主动请缨。在得到组织的批准后，帅兵仔被任命为林场负责人，由他带着十几个人一起去开荒造林。将近两年的时间，帅兵仔和伙伴们一直劳作在山上，最终让数百亩的荒山披上了绿装，而这些林地如今也已枝繁叶茂，成了福泽后世的"绿色银行"。

1993年，年满60岁的帅兵仔"解甲归田"，办理了退休手续，回到家里弄孙含饴，颐养天年。那时身体还算健康的他，总是闲不住，不是种种菜，就是搞搞卫生，有时还会翻看一下军旅生涯留下来的证件和纪念章，回忆年轻时的峥嵘岁月。那一套由当地政府赠送的"老军装"更被他视若珍宝，每当重要节庆和重要场合时，他都会拿出来穿戴整齐，然后抬起右手郑重地敬上一个军礼。

帅兵仔，人如其名。"兵"字，是他这一生军旅、民兵生涯最好的注解，"抗美援朝老兵"更是其人生中的光辉印记。而"仔"字，则述说了他一生的平凡，没有显赫的背景，没有风光的地位，有的只是普通农民面朝黄土背朝天，为家乡建设、为农村农业发展奉献自我的初心和力量。

国家富强
人民幸福

九十一岁党员老兵
廖其桂题
二〇二二年国庆节

廖其桂
2022.12

廖其桂

廖其桂所获荣誉

廖其桂生活照

> 廖其桂，男，广东省五华县人，现居安福县，中共党员，1931年11月生，1949年11月参军，参加过抗美援朝战争，荣获二等功一次、三等功两次。1956年复员后，从事二级医院临床至退休，期间被聘为中科院江西分院研究员，并荣获全国劳动模范称号。

廖其桂
峥嵘岁月都是歌

文◎张昱煜

人生是一本厚重的书，写尽了生活的酸甜苦辣。

人生是一首悠扬的歌，有低音，有高音，抑扬顿挫成了美妙的旋律。

时光荏苒似水流，峥嵘岁月几度秋。回首往事，尽管岁月已经佝偻成一个问号，但是，老兵廖其桂依然心潮澎湃，感慨万千。

一

1931年11月10日，这一天，喷薄欲出的太阳铆足了劲，正准备大放光芒。在广东省五华县长布乡栋岭下上湖村，廖氏峰公祠堂前一排葱郁的大树上，几只麻雀叽叽喳喳叫个不停。虽说已经到了"秋风萧瑟天气凉，草木摇落露为霜"的季节，但是，岭南才刚刚有一丝秋凉。随着一声刺破天空的啼哭，一个小生命降生在这个穷乡僻壤的小山冲。

廖家二十二世为"其"字辈，父母为他取名"其桂"，希望儿子将来能吉祥富贵，一生好运。

接到采访任务，笔者第一时间与廖其桂取得联系并见面。廖其桂的眉宇间流露着一股刚毅的气息，精神抖擞，目光深邃，尽管年过九旬，可他的记忆力出奇地好，回忆起往事就像在脑海中放电影。他清晰地记得，一年当中，最难过的就是"春荒"时节，能充饥的红薯、南瓜和杂粮早已吃完，父母就去山上采荆柴叶、牛耳青、野蕨等野草为一家人果腹。临近冬天，他的奶奶和妈妈会去很远的地方捡山茶果和猴公须子换几斤油。穷人的家难当，为了让日子细水长流，他家灶台上总会摆着一只空碗，碗里有一片沁满油的菜叶，每次炒菜，就让这片菜叶在锅边周围"旅游"一圈，能吃到这样的炒菜，比过年都开心。

兵荒马乱的日子，让无数人颠沛流离。村里的根伯从江西回来，说那里有很多荒田荒地无人耕种。父亲牢记"以土养家"的理念，带着一家老小，跟着根伯开始逃荒生活。

龙川、定南、龙南、信丰、南康、赣州、遂川、泰和、吉安和安福，一个个简单的地名，串成了逃荒人的漫漫征途。步行四十多天，行程千余里，1941年，廖家人到了安福县利田乡（今横龙镇）壶坵村，搭起遮风挡雨的茅棚，后迁至院塘楼下定居。

光阴，在树叶上歇息，岁月，没有荒芜，安顿下来的一家人，感谢江西这片红土地的接纳和收留。他们开荒生产，种植的稻谷、红薯、南瓜、芋头喜获丰收。勤劳淳朴的廖家人与热情好客的当地老表成了朋友。他们把廖家用竹片、树藤、茅草和土砖搭建的"安乐窝"叫"山下棚哩"。

1945年，一栋破旧的祠堂里，安福境内的广东老乡成立"广东同乡会"，开办了"广东小学校"（解放后更名为和平小学），在那里，廖其桂开启了他的求学生涯。1949年安福解放，校园里掀起轰轰烈烈的参军潮，正在安福中学读初中的廖其桂与广东小老乡报名参军，那一次，他们五名同学从安福县步行到吉安军分区，信念灼灼。

从学生娃到飒爽英姿的军人，角色的转变，让他们一时半会适应不过来。因为廖其桂有文化，又年轻，他被编入中国人民解放军卫生训练大队，成为一名卫生兵。在卫训队，他每天跟随看护老兵学着打针换药、为重伤病员接屎端尿。全师官兵开赴吉安县敖城乡流江放木大生产，廖其桂因表现突出，在师卫生部年终总结表彰会上被评为二等功。

二

铁鞋踏破，铸就男儿血性，傲然军姿，尽显军人豪情。古今凡成大事者，不唯有惊世之雄才大略，也必有坚韧不拔的刚强意志。从羸弱书生到铮铮铁骨的军营硬汉，廖其桂心中充满感慨：当解放军真好，老百姓终于扬眉吐气了，政府是人民的政府，军队是人民的军队。

红旗、红花、红霞，告别两鬓斑白的爸妈，歌海、人海、车海，怀揣坚毅的信念，志在海角天涯。1950年，朝鲜战争爆发，战火燃烧到鸭绿江边，廖其桂随师卫生部、休养所一行北上，准备赴朝参战。

真正的战争是残酷的，炮弹不长眼睛，随时随地都有流血牺牲的危险。中国人民志愿军炮兵第22师炮团参加了著名的上甘岭战役，在打击敌人嚣张气焰的同时，也打出了国威和军威，这些，激励着廖其桂早一天征战沙场。

时光如水，往事历历在目。这支浩浩荡荡的队伍从驻地庙背村出发，步行一个多小时到达吉安仁山坪（专区医院原大门前）。师属部队召开北上抗美援朝誓师大会，会后，雄赳赳的队伍便向中山路、标准钟、中山码头出发。街道上站满自发欢送部队的群众，"抗美援朝保家卫国！中华人民共和国万岁！中国共产党万岁！"铮铮誓言和热烈的欢呼口号响彻云霄。不一会，鞭炮齐鸣，群众把水果和熟鸡蛋塞到战士们的口袋和背包里，身在其中的廖其桂感到无比自豪和光荣。

抗美援朝的队伍从吉安中山码头分别上船，经过一天一夜抵达清江县（现樟树市）码头上岸，由于军列紧张，战士们在清江县休整和等待。部队就地开展抗美援朝的国际主义和爱国主义精神教育大规模宣传活动。这一年，廖其桂光荣地加入了中国共产主义青年团。再后来，队伍乘军列经新余、株洲、长沙、武汉南岸下车渡船到武汉市区一所孤儿院安营扎寨，在列车上换发了棉衣、棉鞋、棉帽和棉手套。

在这支北上的队伍中，很多南方的新兵适应不了恶劣的气候，患上了肺炎、胃病和气管炎，全所的医护人员格外忙碌。有三个士兵同睡一个土炕上，一并患上呼吸道感染和肺炎，由于当时缺医少药，第二天，两名新战士不幸死亡。

廖其桂看到倒在土炕上的战友，心如刀割。

要是有特种药品（盘尼西林类）该有多好，这些新兵就不会倒下。讲到这里，这位九旬老兵流下悲伤的泪水。

三

1951年春，根据朝鲜战争需要，廖其桂所在的中国人民解放军第48军第142师休养所一路北上，一路辗转，搬到辽宁省锦州市敬业街，改编为东北军区后勤部所属医院。抗日老干部王新阿任院长，廖其桂的求知好学精神打动了王院长，王院长于是让他改行学习临床化验技术。

没有激流，就称不上勇进，没有山峰，就谈不上攀登。面对这门陌生的学科，廖其桂没有退缩，没有沮丧。从头学起，刻苦勤奋，成了他生命的密码，他信心百倍，期待能翻译出一部属于自己军旅生涯的壮丽史诗。

严师出高徒，在检验技师强国权的精心指导下，廖其桂学到的本领越来越多，为了购买有关化学专业书籍，他省吃俭用挤出了半个月的津贴。功夫不负有心人，在半年多的时间里，他掌握和学会了临床三大常规检验技术，有力地配合了部队医院的临床诊断要求。后来战事紧急，他和朱克礼、谢世良、王韩芦、张文雅、周志浩等人被编入中国人民志愿军炮兵第22师卫生连奔赴朝鲜。

抗美援朝的战场上，那些气吞山河的英雄，成了不朽的丰碑，那些穿越硝烟的炮声，化作悲壮的哽咽，那些辗转反侧的夜晚，无法入眠。

爬冰卧雪、风餐露宿、枪林弹雨，成了最为冰凉的字眼。越是想念父母亲人，越是牵挂家乡，就越是感觉到战争的残酷和时间的停滞。随着刻骨铭心的回忆，老人眼含热泪，感慨地说："和平真好，活着真好。"

廖其桂所在连队的任务是收容诊疗包扎全师炮团卫生队送来的重伤员及转院工作，同时，还为当地的朝鲜百姓免费诊疗疾病。"最可爱的人"成了他们共同的名字！

在这些志愿军的人生字典里，朝鲜的一草一木、一花一叶，皆有满满的情义。1952年8月，在异国他乡的朝鲜，在战火纷飞的特殊时刻，经指导员高庆月、司务长姚庆雨介绍，廖其桂光荣地加入中国共产党，第二年，由士兵晋升为排级干部。

由于我志愿军英勇奋战，节节取胜，1953年7月27日，美方与我方在板门店签下停战协定。朝鲜，恢复了往日的和平。1954年秋，廖其桂与战友们光荣回国。

四

1954年秋至1955年春，廖其桂患上双侧上颌鼻窦炎和胃病，先后经历了三次大手术，体重由原来的116斤降至88斤，他的身体十分虚弱。1956年初，经部队批准，复员回乡。后经过老战友举荐和帮助，他被顺利安排到吉安专区人民医院化验室，真可谓是"山重水复疑无路，柳暗花明又一村"，乐观的他一直认为，他的人生之路，一定会繁花似锦，一定会光芒万丈。

军营追梦，复员返乡，同样可以有无悔的追求。在工作岗位上，廖其桂不断钻研，不断进取，后来调到乡村医院工作，在条件简陋的化验室里开展技术革新，发明了一套无电源化验设备和方法，如土恒温箱、脚踏离心机等设备，并改进了多项检验方法。没有实验用的小动物，他就抽自己的血做血平板培养基，在这个偏远的乡村医院，基本实现了如大医院一样的血、尿、大便常规、生化等检验项目，并配合临床诊治效果，精选到用磺胺嘧啶钠治疗流行性脑膜炎的独特疗方，有效控制了其蔓延和流行。收容住院的200多例重症病人，全部获救病愈，创下无一例死亡的奇迹。他时刻牢记"救死扶伤"的天职，工作中，几乎到了忘我的程度，把苦和累都留给了自己，把安和康全送给了病人。从医几十年的所作所为，诠释了他的崇高医德。

无数个夜晚，依旧清瘦漫长，无数缕阳光，依然明媚闪光。退伍不褪色，脱下军装，在平凡的工作岗位上，他依然是一个孜孜以求、无私奉献的"老兵"。

军旅生涯，成了他人生最壮丽的篇章。驰骋疆场，永远是他书写的最华彩的诗行。

1960年6月，廖其桂以先进工作者的身份，出席了全国文教卫生群英会，获得全国劳动模范的光荣称号，作为卓有贡献的专家学者出访东欧三国，并被聘为中国科学院江西分院研究员，接任了吉安专区人民医院附属万福墟乡村医院院长一职。

哪里有危急病人，哪里就有廖其桂的身影。"半夜出诊""深夜救产妇""夜查病房抢救病人""拯救冰冻病孩"等，一个个鲜活的故事背后，是一个老兵"为人民服务"的不变初心与情怀。

五

执子之手，与子偕老。廖其桂取得的这些成绩，与妻子邹金香的理解和支持分不开。为了让丈夫安心工作，邹金香用女性特有的坚毅和执着，默默地挑起重担，用心营造一个温馨美满的家。她的温柔和善良，成为丈夫温暖的港湾和坚实的后盾。邹金香曾是安福县妇幼保健院的一名护士，她孝敬公婆，养育四个儿女长大成人，对工作兢兢业业，为这个家付出了毕生精力，于2018年9月病逝，享年85岁。讲到任劳任怨、甘于奉献的妻子，重情重义的廖老泪流满面，哽咽地说："如果有来生，我还要娶她做妻子。"

静能生慧，智者无忧，仁者长寿。退休后，廖其桂在安福县城安享晚年，闲暇之余，游历祖国大好河山，吟诗作赋，陶冶情操。他经常为亲朋好友和慕名前来的病友免费咨询，传授草药知识，为病人解除痛苦。邻居们夸赞他是心善的神医，吃了他提供的药方，大病化小病，小病全好了。

他经常给孩子们说，苦呀，难呀，都会过去，要乐观，要知足，活到九十多岁，得到政府和社会各界的尊重和爱护，真是托了共产党的福，活一天，就要活出价值，活出意义。

心善之人行好运，廖其桂有一个幸福和美的大家庭，一家人其乐融融。几十年如一日，他每天早上六点起床，晚上九点入睡，饮食清淡，最爱吃五谷杂粮。与小辈们谈论起国家大事，思路清晰，思维敏捷。女儿夸奖说，老父亲煮的红豆粥、烙的葱油饼、做的小咸菜，是一家人最喜欢的营养早餐。外孙女悠悠是青年编剧、上海戏剧学院编剧学理论研究生。她说，别看外公九十多岁了，他从未停止思考，永远与时俱进，放眼看世界，是全家人的精神领袖。退休这些年，廖老出版了五十多万字的回忆录《风雨人生路》及《医药验方实践》《人生警钟》等书籍，留给后辈无尽的精神财富。

桑榆非晚，柠月如风。他的言传身教，培育了良好的家风，全家十几口人，个个诚实守信，人人砥砺奋进，形成尊老爱幼、团结互助、积极向上、乐观旷达的新风尚。

风雨人生路坎坷，峥嵘岁月都是歌。微风吹动墙角的三角梅和太阳花，这座闹中取静的小院清香四溢，成了耄耋老人心灵的憩园。

志愿军万岁
听党指挥,永不叛党;
全心全意为人民服务,
按时交纳党费.
　　　　吴法根
　　　　2022.11.16

吴法根
泽妮
2022.9

吴法根

吴法根所获荣誉

吴法根敬礼

> 吴法根，男，峡江县人，中共党员，1925年8月生，1952年9月参军，参加过抗美援朝战争，期间因表现积极勇敢，火线入党。1955年4月，复员后主动放弃安置的工作和干部身份，回到家乡参加建设直至退休。

吴法根
以身作则树榜样

文◎胡刚毅、陈子阳

"雄赳赳，气昂昂，跨过鸭绿江。保和平，为祖国，就是保家乡。中国好儿女，齐心团结紧，抗美援朝，打败美帝野心狼……"

他叫吴法根，今年98岁，出生于峡江县水边镇一个贫困的农民家庭。

采访没多久，吴法根就激情洋溢地唱起了这首歌。

"鹤立鸡群"是大家对他的评价。这既是形容他的身高——一米七八，在乡村，这可是高个子，明显是"鹤立鸡群"，更主要是说他的性格、品行，别具一格、特立独行！

他的"鹤立鸡群"有三个特殊之处，令人惊异。一是参加抗美援朝，平安回家，安排到工厂当干部，他不去，却宁愿回家乡当农民；二是身为生产队大队长，子女九个，却未利用手中特权安排任何一个子女工作，被人称为"大公无私"；三是他豁达宽容，与贤妻从未红过脸。这些奇特之事在当地是家喻户晓。有人说他是雷锋，有人说他是傻帽，不可理喻。究竟怎样，我们来了解了解。

2022年11月7日，天空晴好，微风徐徐。我们来到峡江县水边镇吴法根家，与他和他的子女们寒暄、握手、合影。

98岁的吴法根身子骨还很硬朗，许多事情已成模糊的记忆，但《中国人民志愿军战歌》却刻骨铭心，须臾不曾忘记。

采访时，朝鲜战场上的经历如阵阵浪涛，瞬间涌上心头，吴法根拉开了话头。

一

1952年，吴法根告别新婚不久的妻子参军了。为了新中国的安稳，他和战友们积极响应国家抗美援朝的号召。他们在苏州集训了四个月，一路风尘仆仆，千里迢迢，跨过鸭绿江，随部队奔赴抗美援朝一线。入朝前，班长让他把自己的名字、家庭等情况写好，放进背包。

我们问他："上战场之前怕不怕？"他回答："说心里话，当时还真没感到什么好可怕，初生牛犊不怕虎，可能是还没有亲历战争的惨烈。从小接受的是爱国主义教育，觉得战争既然让咱遇上了，我不上谁上？"

吴法根回忆说，那时志愿军跟敌军经常发生遭遇战、伏击战。美国兵个大、武器精良，但胆子小。晚上遇上了，我们一喊："缴枪不杀！"他们一般不会抵抗，举起双手就投降了。

在战场上，敌人也并非不堪一击，他们的武器装备都十分精良，每天都是各种飞机从头顶呼啸而过，敌人的飞机总是一批四架，两前两后围着山头绕着圈飞，看到目标后，就头朝下一下子俯冲过来，枪林弹雨一阵扫射，之后立刻调转方向飞走。很多志愿军士兵连敌人的面都没有见到，就死在敌人的炮火中。抗美援朝战争，志愿军战士是"小米加步枪"，并且缺衣少吃，而美军晚上睡羽绒睡袋，一日三餐吃各种罐头，飞机数都数不清。这么艰苦的条件，志愿军战士能打赢，靠的就是有信念、人心齐。中国共产党的领导是坚强的，中国人不怕流血牺牲。战场上冲锋号只要一吹响，战士们就一起向前冲，冲到敌人中间就近身拼刺刀，没有一个人退缩。抗美援朝战争中，牺牲了很多战士，可能眨眼间，身边的战友就中弹倒地，或被炮火吞没。

1953年6月10日，吴法根与战友们奉命死守阵地，一直守到了第五天，迎来了一次与敌军的生死之战。号令一响，机枪、手榴弹、大盖枪响成一片，密集的炮火震耳欲聋，烧红了天空。当时身为机枪手的他，瞄准冲上来的敌人，快速扣动扳机，弹壳哗哗哗地掉在地上，枪管烧得通红滚烫。敌人的飞机从天上飞过，"嗖嗖"作响的子弹密集地落在他面前的战壕。他们赶紧蹲下隐蔽，敌机丢下的炸弹就在附近炸响。等他回头看时，身后的战友躺在了血泊中，停止了呼吸。他当时耳朵嗡嗡响，炮弹的冲击波让他有些迷糊。他急得不得了，也顾不了敌机还在天上飞、炸弹还在频繁地往地上落，心想，只要还有一口气，就要守住阵地，他端起机枪，怀着对敌人的刻骨仇恨，朝着敌人猛烈扫射。终于，在他们的死守下，敌人撤退了。他瘫坐在地上，大口喘着粗气，身旁战友已是血肉横飞，他的脸上也被炸糊了一片，但他顾不上疼痛，赶紧起身帮忙抢救危重伤员。之后，他才知道同班老乡王庆根也牺牲了。

后来，排长冉广德和班长石光华告诉他要转移阵地。他们连夜急行军，敌侦察机迅速出动，在天空盘旋寻找他们。他们只能尽量隐蔽，猫着腰，曲折前进。这样的境地，部队伤亡是很大的。途中，有被敌人的子弹击中牺牲了的战友，他们就地深挖坑，把牺牲的战友匆匆掩埋，然后立块牌子，以便后续部队或战后妥善处理；负伤的战友，他们用担架抬着继续前进。由于后方保障和医疗条件跟不上，有的负伤战友来不及得到医治，在担架上就牺牲了。到达阵地后，全体战士马上进入地下战壕。敌军的轰炸随后就到了。他只感觉整个大地都在颤抖，扬起的灰尘遮盖了天空。

在那个年代，他们心里想的就是保家卫国。正是怀揣这样的志愿，五湖四海的他们走到了一起。他现在还会想起很多战友、很多事，那些画面始终萦绕在他脑海里。

在朝鲜战场上，他表现积极勇敢，火线入党。一天夜里，班长带着他在一盏煤油灯照亮的坑道里，对着党旗庄严宣誓：服从党的指挥，永不叛党！

1953年10月，他向党组织提交了入党申请。在第21军第61师第181团第2营第4连支部大会上，被批准为预备党员，1954年4月转为正式党员。

他说："今天，我们生活在和平年代，离不开中国共产党的坚强领导，离不开军人的保家卫国。我只是时代洪流中不起眼的一朵浪花，真正伟大的是党领导下的中国人民。"他永远不会忘记那些牺牲在战场上的战友们。

他家三代人当兵，吴法根是老兵，大儿子也当了兵，退伍后回家，不久因车祸去世。孙子长大后，继承父亲遗志，成了一名光荣的军人。对部队，他全家都有着深深的子弟兵情结！

二

回到地方上，组织上安排吴法根到丰城煤矿工作，当干部。但他婉言谢绝，说："我们村里田少土瘦，水源也不好，农村更需要我，我要回去建设家乡。"

结婚没几年，妻子生下一个孩子就去世了。过了几年，队里来了一群上海知青。他与一位17岁的上海姑娘王圣娟擦出了爱情火花。姑娘一贯敬慕退伍军人，又喜欢他老实本分，两年后高高兴兴嫁给了他，从此含辛茹苦，并肩直面艰难岁月。这时吴法根已是大队长，全身心扑在繁忙的大队工作上，所有家务全落在妻子肩上。婚前的王圣娟十指不沾阳春水，为了孩子，为了这个家，她不但学会了家务，还成了田间地头的行家里手。妻子整天忙忙碌碌，挖土、种菜、浇水、洗衣、养猪、养鸡、养鸭……还要参加繁重的集体劳动，像个高速旋转的陀螺。

结婚后，王圣娟只回过一次上海，母亲看到女儿又憔悴又苍老，心疼得直哭。劝她说，这么苦，不如离婚回上海工作。但她舍不得孩子，舍不得他，更舍不得这片浇灌了心血的土地！她，深深爱上了这片生长苦难也生长幸福的土地！如花似玉的她，被苦难、贫穷压垮了娇弱的身躯。45岁那年，她累坏了，得了一场大病。

孩子们都很爱母亲，二儿子吴国荣流泪说，小时候起夜，常看到母亲在昏黄的煤油灯下缝补衣服，疲惫布满了沧桑的脸庞。家里穷，孩子多，一家人过着"新三年旧三年，缝缝补补又三年"的生活。王圣娟吃苦耐劳，贤惠温柔，一手带大九个子女。她与丈夫从未因家庭琐事吵架、红脸，把生活的苦，硬生生地咽进自己的肚子里。

她教子有方，忙里偷闲，还常给孩子们讲故事。经常说："穷不怕，就怕没有志气；贫不怕，就怕去骗人。你们要勤劳节约，要能吃苦，靠自己的双手去创造。我在上海读书时，什么家务事、农活都不会做。来到峡江插队，还不是全学会了。"

可王圣娟终因操劳过度,又营养不良,45岁因病离世。她曾到上海治病,医生诊断后说,这种病花再多钱也治不好,最终会人财两空。她不想这个穷家再雪上加霜,便回到村里保守治疗,从此卧床不起,不久去世。

三

吴法根回乡,先是做大队干部,后来做到了大队长。有人说他大公无私,有人说他傻帽,有人说他宽宏大量,有人说他怪人一个,各种评价,不一而足。

他刚回乡,就谢绝了组织上的工作安排。他说:"都出去工作,谁来种田?我要回乡种田,建设家乡。"就是这个决定,他和孩子们全部扎根在了乡村的土地上。

后来,他的一位当了领导的老战友,从南昌来看望他。得知他的子女全是农民,责备说:"你那么多战友当领导,民政局就有当领导的,怎么不叫他们帮帮忙?他们可以名正言顺地帮你啊!"

吴法根说:"谁都有困难,我不想给政府添麻烦。农村更需要年轻人。"

周围的不少人都通过各种关系解决了子女就业,或到工厂,或到事业单位工作,唯有他一人,没有解决一个子女的工作。

子女们都有意见了,他却不为所动,依然我行我素。

1972年,那个时候学校实行的是贫下中农管理学校,吴法根兼任中学副校长。当时上高中是选拔。二儿子吴国荣十分想上高中,但父亲没有推荐他上高中,还反复劝他说:"指标让给其他同学,我们家穷,还是回家种地,勤劳致富。"

吴国荣勤劳肯干,老实本分,在当地出了名。有一年,大队买了两部拖拉机。大队很多干部都为让自己的子女当拖拉机手争来争去,他置之度外。后来,吴国荣当上了拖拉机手,却不是他争取的。

原来,公社一位副书记了解他的儿子,对其他人说:"你们也不要削尖脑袋拼命争,你们看看吴法根,他什么时候争过。我看,这一次,这个指标给他儿子。他儿子勤快能吃苦,任劳任怨,人又本分老实。"大家一听,都不再说话,心服口服。

儿子当上拖拉机手，工作兢兢业业，勤勤恳恳。公社有一个规定，因为常年与油脂接触，拖拉机手穿的解放鞋烂得快，每年可以报销一双鞋。年底，儿子拿着买解放鞋的发票，请他签字报销。他板着脸说："我们当干部的，天天田间地头跑，还经常上林场，翻山越岭，鞋坏得更快，也没有报销。你是我儿子，我要以身作则，不能报销。"

吴法根有一套朴素而又富有哲理的"吃亏是福"的观念。他说，"吃亏是福"的意思是一个人在实际利益上吃点亏，这是人的福气。吃亏其实就包含着豁达和宽容，还要加上理智和自我克制。面对吃亏的豁达，是要以个人能力为基础的自信，能吃亏的人往往一生平安，幸福坦然。斤斤计较，局限在不亏的狭隘自我当中的人，势必会遭受更大的灾祸，最终失去的反而更多，所以吃亏是福。

有一年年终，大队结账，会计把他家的口粮算少了，为了人民内部安定团结，他情愿吃亏也不说。

但吴法根不是事事迁就，原则问题，他寸步不让。当年农村流行"割资本主义尾巴"，一位农民砍了一担柴，准备卖给附近一个石灰厂，被公社蹲点的干部抓到了，说是投机倒把，不但要没收柴火，还要晚上开批斗会。与他商量，他坚决不同意，说一个农民砍一担柴，赚个三五毛钱，买一点油盐，这不算投机倒把！这样做，搞得农民没有饭吃，怎么行？

蹲点干部十分恼火，不依不饶。他坚持自己的观点，不肯松口，最后事情不了了之。这位农民对他千恩万谢，但他却因此得罪了那位上级领导。吴法根说，我们做事要讲良心，要维护老百姓的利益，要理解他们的疾苦。

他生了九个子女，没有一个大富大贵，更谈不上光宗耀祖。吴法根说，他们虽然在农村务农，但个个勤劳本分，平平安安，遵纪守法，这就行！

值得欣慰的是，吴法根的子女们团结友爱，互帮互助，生活得平凡而幸福！他们，就像山野里随处可见的小花小草一样，每年发芽吐翠开花，绿遍无边无际的大地天涯！

抗美援朝
保家卫国！

老兵：曾加元
2022.1.28

曾加元
泽斌 2022

曾加允青年照

曾加允所获荣誉

曾加允军装照

> 曾加允，男，广东省揭阳人，中共党员，1934年4月生，1952年9月参军，1953年参加抗美援朝战役，因积极勇敢完成运输任务，荣立三等功一次。1957年5月，曾加允复员后被安置在吉安地区公路运输局汽车保养场工作，1993年退休，现为吉州区"庐陵老兵宣讲团"成员，先后为吉州区委宣传部、吉州区党史办、吉州消防救援大队、吉安三中、新村小学等单位进行了多场宣讲。

曾加允
历经血与火的洗礼

文◎张少青

1952年，曾加允应征入伍。18岁的他来不及多想战争是什么样子，就跟着战友由吉安大榕树码头坐船过峡江，又步行几十公里到新余，然后坐火车前往上海，编入早就集结于此的入朝部队。

曾加允牢牢记住了部队首长说的话：此次入朝作战要有不怕牺牲，敢打必胜的决心！他跟着战友们的脚步，坐上火车日夜兼程，北上东北通化、八道江，分批跨过鸭绿江，于1953年春季进入朝鲜战场。

一进入战场，曾加允便跟随部队投入到紧急修筑以坑道为骨干阵地的艰巨任务中。坑道骨干阵地是一种由我军发明的防御措施，即在地下深挖出U型、H型、Y型等坑道，坑道之间是互通的，形成四通八达的地下城，可有力防御来自上空的美军炮弹袭击。上面是美军密集的炮弹爆炸声，这边修筑坑道阵地不能停，还要加快进度。曾加允和战友不分昼夜地施工，在炮火的袭击下按时完成了任务。美军看着我军修筑的壁垒森严的坚固阵地，最终未敢轻举妄动，放弃了进攻的计划。

1953年7月16日，曾加允参加了抗美援朝战争的最后一战——金城战役。战争进行得异常激烈，子弹和炮弹在脑袋上、耳朵边呼啸。远远望去，双方发射的炮弹此起彼伏，互不相让。炮弹炸开的火光点亮了整片天空，夜晚也如白昼。战场上空白天黑夜都在燃烧。战争进入白热化，敌军的子弹和炮弹像雨点朝着曾加允他们藏身的山洞猛烈发射，我方也不示弱，回以猛烈炮击。前方每天有大量伤员需要运送到后方医院，曾加允所在的担架队马不停蹄，来回运送。枪林弹雨中，曾加允抬着担架，一天往返多趟，好多运送员被炮弹击中，倒在途中。曾加允在炮火中抬着伤病员奔跑，跑得快一点，伤员得到救治的希望就多一分，这是他平生跑得最快的时候。他早已将生死置之度外，硬是凭着一股韧劲在炮火连天的战场上坚持了下来。晚上，部队在坑道中稍做休整，战士们需要喝水。白天大家啃的是压缩饼干，嘴巴干裂，阵地上没有蔬菜，只能吃炒米。为了让战士喝上一口水，曾加允放下担架，背上大桶，翻过山头，到山沟里寻找水源，找到后用大桶一桶一桶背回来。为了能让战士们稍微补充一点维生素，他在被炮弹炸得稀烂的山坡上、田野边寻找零星的野菜，摘回来交给炊事班，煮给战士们吃。

朝鲜的冬天冰天雪地，战士们被冻得直哆嗦。可七月的朝鲜又烈日当空，闷热异常。战争似乎让山林里的空气都是热的。曾加允每次把水背回来都汗湿全身。他没有叫苦。他还是那句话：叫苦没有用，该做什么就做什么，不要怕牺牲，绝不能耽误事。后方的保障非常重要，如果不到位，战士们无法恢复体力在前方作战。

躺在坑道里，没有凉席，也没有床单，他用树枝和树叶铺在地上，拿油布垫一垫，算是席子。热得辗转反侧，他起来又躺下，始终睡不着。有两个江西籍和四川籍的战士扛不住这闷热，跟他商量出去透透气，他觉得危险，敌军的炮弹不停打过来，照得天空雪亮，但是他拉不住这两位战士，他俩一走出坑道就被炮弹击中。眼睁睁地看着战友牺牲在眼前，曾加允悲痛不已。金城一役，耗时两周，交战双方伤亡巨大。但是成效是显而易见的，那就是把敌军的气焰彻底打垮，使他们不得不重新坐到谈判桌前，签订了停战协定。

在吉州区光明小区一栋不起眼的房子里，我敲开了挂着"光荣之家"门牌的一套两居室，见到了出生于 1934 年的曾老。他个子中等，不胖不瘦，皮肤紧致有光泽，完全没有老态。

曾加允原籍广东揭阳，父母在兵荒马乱的年代带着孩子们避难来到江西泰和，本以为泰和是国民党江西省临时省政府所在地，要相对安稳些，但是泰和并不太平。抗日战争时期，到处是难民，当地又发生霍乱。父母开的潮州医局从早到晚都是病人，一家人忙得脚不沾地。曾加允从小跟着父母吃苦，养成了坚忍自律的性格。也正是这坚毅的品格使他在朝鲜战场上表现英勇，荣获了第 20 军第 21 师颁发的三等功勋章。勋章为银色，哑光。图案是一位战士头戴棉军帽，身穿军大衣，手持长枪，目光炯炯，保家卫国的形象，非常有质感。我仿佛看到当年曾加允咬着牙在战场上抬着担架奔跑的模样。

战争结束，曾加允被编入部队汽车班，接受了汽车驾驶、维修培训。后来，他又被派往厦门、福州。当时福州大桥还没有建起来，他们步行爬上山顶，山顶布满大炮。曾加允在哨所驻扎了好一阵才转业回到泰和。他参加过泰和抗旱救灾，又来吉安的汽车运输公司，组建大修厂、连杆厂，吉安市的老石阳路也是那时候由曾加允他们组织修建的，一共修过多少条路他已经不记得了，只记住一句话：我是军人，必须服从命令！他就像是一块坚硬的砖，无论把他派到哪里去，无论什么岗位，也无论他在部队还是在地方，他都能沉下心，扎扎实实把手上的事情做好！曾加允文化程度不高，朴实的他始终是这样想：安宁的日子是国家给的，国家需要他去哪里，他就去哪里。不要怕累，也不要怕牺牲。想起小时候的兵荒马乱，曾加允就心有余悸。他说和平太重要了，有和平才有安宁。

经历过血与火、生与死的考验，在战场立下战功，如今进入晚年的曾加允仍然保持军人本色，他被"庐陵老兵宣讲团"聘为宣讲员，在义务宣讲路上发挥着余热，先后在吉州区宣讲近 20 场，受教人数 1000 余人次。"庐陵老兵宣讲团"紧紧围绕"传承红色基因 弘扬革命精神"的主题，走进机关、校园、企业、农村、社区，在党史学习教育、倡导正能量等方面发挥着积极作用。

曾加允为干部群众、在校学生讲述当年抗美援朝战场上的战友们不畏困难、不怕牺牲、英勇作战的革命故事。红色历史使青年人热血沸腾，正能量的种子在他们心中生根发芽。曾加允的足迹走过北门小学、新村小学，走进消防救援大队，走进西苑小区……

使他不辞劳苦去参加这些宣讲活动的动力是不能让年轻人忘记历史。历史需要传承，红色血脉需要赓续。他和战友们那一段浴血奋战的峥嵘岁月不能遗忘，因为幸福生活来之不易。

共产党万岁
祖国万岁

万安县芙蓉镇城东社区
91岁离休老人 许宙宾
敬书于虎年冬末

许宙宾

泽斌 2022.9

许寅宾

许寅宾所获荣誉

许寅宾参加宣讲活动

> 许寅宾，男，万安县人，中共党员，1933年2月生，1949年4月参军，参加了"两广"战役和云南剿匪，经历了小董、阳江、乌石等十次大、小战斗的洗礼，并在战斗中负过轻伤，荣立过大功、三等功各一次，中功四次，小功六次。1976年4月，许寅宾转业，在万安县农业农村局和城郊居委会工作期间，先后多次被省、市、县评为优秀共产党员、优秀党务工作者等。

许寅宾
满腔热血报党恩

文◎笑川

退役老兵许寅宾年幼时在心田播下了红色的种子，青年时投身充满硝烟的战场，几十年风云变幻，不变的是他那颗火热的心。他从贫农家庭走来，走过无数荆棘丛生的道路，九死一生，心志坚定。荣誉加身后，他继续发挥余热，造福乡里。他常说："一定要做一名好党员，一定要为共产主义事业奋斗终身，这就是我在灵魂中确立的初心。"

一

1933年，在万安县夏造乡喜人坑村，一个新生命的到来给这个贫农家庭带来了欢乐。可是，旧社会风云变幻的环境也深刻影响着这个家庭，厄运终究还是降临在这个普通的家庭。两年后，年幼懵懂的许寅宾还没有好好欣赏世界的美好就遭遇了家庭变故：最爱他的祖母被地方团丁关押，家里也被洗劫一空。

那时，许寅宾才两岁。后来，他才知道，祖母的身份不一般。作为万安县夏造乡党支部妇女委员，祖母何万能响应党的号召，积极投身革命事业。哪里有压迫，哪里就有反抗。1927年，她参与领导了"夏造暴动"。作为一名革命妇女，她积极奔走，宣扬党的方针政策，组织具有先进思想的同伴们筹集物资，为井冈山革命根据地的斗争贡献自己的力量。

1934年10月，中央苏区第五次反"围剿"失败，红军战略转移，开始长征。国民党反动派对共产党进行反攻倒算，许寅宾的祖母何万能，这个坚毅勇敢的共产党员受到迫害。国民党反动派冲进家里，将本就贫困的家庭洗劫一空，还强硬地抓走了何万能，关押一年多时间。

回忆起祖母的光辉事迹，许寅宾感慨万千，他说："在我的血液里流淌着红色的基因，在我幼小的心灵里，也深深地埋下了红色的火种。"的确，2岁时的懵懂见证，少年时期的耳濡目染，祖母对革命的热情早就影响到了他。成长的环境让他见证了善恶，看到了光明的方向。

时光悠悠过，一晃到了1949年。缺衣少食的日子并不安稳，新的磨难又开始了。一个凌晨，在山村杨场田，许寅宾和同伴被敌人抓住了，被强迫去当差。许寅宾自知自己人少不敌，就假意配合，敌人渐渐放松了警惕。9天后，当行至赣南大余县境内时，许寅宾觉察到时机。于是，他和同伴徐秀松在漆黑夜色和滂沱大雨的掩护下，利用敌军的忙乱，趁机逃走了。他身无分文，还要警惕再次被抓，在陌生的地方，他们只能小心翼翼地乞讨，希望能成功回到家中。

然而，命运的巨轮不停地转动，有些相逢就像命中注定，红色的火种终要萌芽。当行至赣州市南康县唐江镇横塘村时，他们欣喜地遇到了解放军。这支部队他们熟悉，正是解放了吉安城区的英雄部队。一个声音鼓舞着他们，又饿又渴的他们突然充满了力量，主动要求加入部队，成为中国人民解放军第四兵团第14军第40师的一员。于是，许寅宾，在16岁那年的逃亡路上，穿上了期待已久的解放军军服，在饥寒交迫中走上了革命的道路。从此，少年不再是踽踽独行，他的人生有了正确的方向。

二

加入部队后，找到了组织的许寅宾每天都精神抖擞。不久，毛泽东主席在天安门宣告："中华人民共和国成立了！中国人民从此站起来了！"许寅宾在部队和战友们开会庆祝，见证这一历史性的时刻。

1949年10月14日，广州的"无血开城"标志着"两广"战役的开始。此时的敌军计划着逃亡，许寅宾所在的第40师奉命追穷寇。9000多人马不停蹄地赶了五天五夜的路，终于在广西钦州附近的小董镇追击上了逃亡的敌军。两个小时的战斗，敌军不堪一击，很快败下阵来。许寅宾看着缴获的战利品，心里别提有多高兴了。

随后，许寅宾跟随部队参加了"两广"战役和云南艰苦的剿匪战斗，经历了阳江、乌石等十次大大小小的战斗，先后立过大功、三等功各一次，中功四次，小功六次。立功的背后，是无数艰险的时刻，受伤在所难免，可许寅宾觉得，一切都值得，伤疤也是荣誉。

其中，最让许寅宾难忘的，要数在广东省湛江市雷州乌石镇的经历。那时，许寅宾所在的第40师第120团距离乌石镇还有30公里。部队派遣侦察排36人前去侦察，许寅宾便是其中的一员。然而，他们不幸被敌军发现了。敌军疯狂反击，战况异常激烈。

在战斗中，战士们视死如归，即使被炸弹炸断腿脚，也依然用最后的力量扣动扳机，给敌人最后一击。战斗持续近一个小时，战友们死守阵地，互相配合，终于等来了支援，然而，还是有16名战友付出了生命。许寅宾的左腿也被子弹击中，在医院休养了一个月才痊愈。

战争是那样的残酷，每当回忆起那些牺牲的战友，许寅宾就异常激动。战友们视死如归，为革命抛头颅、洒热血的精神振奋着他。他也在心里暗暗发誓，战友们的血不会白流，彻底胜利的那天一定会到来。

1951年1月，许寅宾跟随部队在云南凤庆县开始了剿匪作战。

在一次战斗中，副排长汤荣先在换弹匣时不幸被土匪的子弹击中，英勇牺牲，还有3名战士也受了重伤。身为班长的许寅宾，感觉自己肩上的担子重了不少。他化悲痛为力量，带领剩下的9名战士奋勇追杀，击毙敌人12名。战后，许寅宾的领导能力得到了团党委的肯定，他也获得了嘉奖，记大功一次。

从"两广"战役到云南剿匪斗争，从年轻热血的小战士到身经百战的沉稳老兵，许寅宾从战火中走来，见证了战友的不畏生死，经历过命悬一线的激烈与惊险，留下了大大小小的伤痕。时光在流逝，但记忆历久弥新，那段为了梦想、为了和平而斗争的峥嵘岁月，军魂永在。

三

1951年1月，指导员认为许寅宾"工作积极，作战勇敢，带兵有方"，推荐他加入中国共产党。1952年底，剿匪战斗结束了，许寅宾又随部队到了云南省耿马县，戍守边防。1953年5月，许寅宾被选派到云南省昆明市第三步兵学校深造。1957年毕业后，许寅宾在步校任副营级战术教员和参谋等职，因为能力强，表现突出，许寅宾深受学员喜爱，曾多次获得优秀教员称号。

1967年12月30日至1968年10月20日，因为综合表现优秀，许寅宾又被推荐至北京学习。在北京学习期间，他参加了人民大会堂中央首长的集体接见。许寅宾感慨："我的一切，都是党给的，没有共产党，就没有我的今天。党对我的恩情，比天高，比海深，我永世难忘。"

1976年，许寅宾回到了家乡万安县，先后被分配到县农机公司、粮食局工作。工作中的他兢兢业业，务实求真，得到了领导和同事的一致肯定。1985年5月，许寅宾办理了离休手续。虽然离休了，但他却依旧精力充沛，保持着一颗为人民服务的心。

1992年春，万安县政府决定组建城郊居委会。许寅宾得知消息后，觉得这是一个为党继续工作的好机会，于是主动挑起了居委会书记、主任这个担子。他把社区当战场，忘我地工作，一干就是11年。

许寅宾感慨道："社区工作极其复杂，上管天文地理，下管鸡毛蒜皮，内管油盐柴米，外管斗殴扯皮。"虽然复杂，但他没有退缩。居委会管理服务人口5万多，但管理人员只有他一个人，这绝对不行，他马上想到了和他一样希望发挥余热的6位离退休干部。他们一合计，为党工作、为群众服务的心很快就团结在一起。

为了解决出行难的问题,许寅宾先后筹资52.6万元,将10条4公里多的泥泞社区道路硬化,让乡亲们走上了平坦开阔的道路;为了让庙背堤40多户居民喝上自来水,他筹资3万多元,安装了一条800多米长的自来水供水管道,解决了群众的燃眉之急;为了解决居民区的脏、乱、差,他在6个居民区设置袋装生活垃圾定点收运点;为了解决群众夜间出行难的问题,他积极联系相关部门,在3个居民小区安装了23盏照明路灯……

要干实事,少不了人才和钱财。社区建设经费短缺,筹集资金非常艰难。于是,许寅宾办起了股份制芙蓉藤器厂,希望用工厂产生的效益反哺社区建设。万事开头难,办藤器厂的启动资金成了大难题。可在许寅宾这里,没有什么是解决不了的。于是,他积极奔走筹措资金,动员离退休干部积极出资入股,他还拿出自己多年积蓄的1万元,又用自己的房产作抵押办了贷款……他成功了,藤器厂办起来了,而且年产值逐步达到了10万元。这既解决了社区建设、运转的资金难题,还解决了16位待业青年的就业问题。

许寅宾一身干劲,将居委会管理得井井有条,社区环境在他的治理下,面貌一新。社区居民无不竖起大拇指夸赞他。他大公无私,乐善好施;他勤勤恳恳,亲力亲为。这是一个共产党员的自觉,也是一名退役老兵的初心。

许寅宾的事迹也得到了组织的肯定。他先后25次被省、市、县、镇四级评为优秀共产党员、优秀党务工作者、全区十佳老干部、优秀人大代表等。在他的管理下,居委会也多次获得省、市、县先进居委会、综合治理先进单位、先进基层党组织等荣誉称号。

四

2003年12月,许寅宾从居委会的管理岗位退了下来,结束了忙碌而充实的社区服务工作。家庭和睦、轻松闲适的老年生活固然惬意,但他总觉得不习惯。闲下来后,他依旧在思考,还能为这个社会做些什么呢?"现在的青年人是非常幸福的,但是不要忘记先烈们的牺牲付出,应该珍惜现在的生活,牢记党的恩情,为国家富强、人民幸福而奋斗。"回首沉沉浮浮的大半生,他觉得又有事可做了。

于是，许寅宾将工作的重心放在了党史宣讲上。其实，早在1985年退休后，他就陆续给学校学生、社区党员、居民讲过红色故事。历史不该被遗忘，那些或消失或沉寂的革命战士不该被遗忘。他希望通过言传身教，在宣讲中，将党史教育、红色故事传扬开来。

活到老学到老！为了讲好党的故事，许寅宾坚持读书看报丰富自己，并努力提高讲故事的能力。他认真地做笔记，撰写教案，丰富素材，只为讲好红色故事，让更多的人从故事中得到启发，感受到红色的热血和革命的激情。

每次去学校宣讲，许寅宾就像去参加重要的典礼，总是精心准备，用心做好每一个细节。因为，他深知青少年教育的重要性。他带着获得的军功章、从军时期的老照片，一一展示给学生。他要让孩子们知道，幸福生活来之不易。他要让红色基因根植在每一个人的心中，代代相传。看着这些生活在和平年代的孩子们，他非常欣慰，一切都是值得的。

除了学校，许寅宾还深入社区、乡村、企业和单位宣讲。红军的故事、革命烈士的感人事迹、自身的经历，他用饱含激情的语言，鼓舞着在岗位上奋斗的劳动者们。2021年4月，在万安县退役军人事务局组织的一场党史宣讲课上，许寅宾说："我已经是耄耋之年的老人了，看到祖国越变越好，我也想发挥自己的一份余热，让党的优良传统一代代传承下去，年轻一代一定要走好自己的长征路。"

16岁投身革命，18岁加入中国共产党，参战16次，立战功11次，11年居委会工作造福乡里，30多年义务宣讲，如今90岁高龄的许寅宾依旧坚守在为党工作、为人民服务的战线上。在枪林弹雨中，他是英勇顽强的革命战士；在没有硝烟的战场，他不忘初心、牢记使命，在平凡的岗位上默默耕耘和奉献，一心赤诚为群众，满腔热血报党恩。

公无私，决不辜负党对我抚养和教育

陈龙寿

陈龙寿

泽斌
2022

陈龙寿

青年陈龙寿

陈龙寿所获荣誉

陈龙寿，男，井冈山市人，中共党员，1930年12月生，1947年7月参军，1950年9月入党，在第14军第40师第120团任文书、副排长、司务长，参加过解放大西南、南线大追歼、解放云南、云南剿匪，获大、中、小功各一次。1958年5月复员，历任宁冈县大陇公社武装部长、县新华书店经理、县招待所所长、县医药公司书记、经理等职，1983年离休。

陈龙寿
赓续基因传家风

文◎黄小明

井冈山地处罗霄山脉中段，扼据吴头楚尾之要冲，古有"郴衡湘赣之交，千里罗霄之腹"之称。作为中国革命的摇篮，以毛泽东、朱德为代表的中国共产党人在这里创建了第一个农村革命根据地，开辟了"农村包围城市，武装夺取政权"的井冈山道路，铸就了跨越时空的井冈山精神。这里雄奇毓秀的山川河流，流传久远的地理文化，长期的革命斗争，造就了井冈山人民不屈不挠、勇于斗争的顽强性格，并赋予他们聪慧才智。这里孕育了一大批共和国将领，培养了无数爱国青年，革命的火种从这里开始传递，陈龙寿正是一位来自井冈山的革命军人。

一

陈龙寿出生在井冈山一个地地道道的农民家庭，家中有六口人。大哥陈观寿曾在红四军第32团特务连任战士，于1928年在七溪岭战斗中牺牲。陈龙寿9岁开始在大陇读书，由于家庭贫困，15岁便失学在家半耕半读，只有高小文化的陈龙寿知道仅有这点知识是远远不够的,他把井冈山人固有的"蛮劲"用在了学习上。那时没有电灯,借着煤油灯微弱的光,他经常看书到深夜。后来他回忆那段岁月,说道:"记得有一次,我差点把家烧了。"原来那天他白天干了很多重活,晚上看书到很晚,睡着了不小心把油灯打翻。后来,母亲烧掉了他的书,并勒令他不准再用煤油灯。无奈,他只好捉一些萤火虫放到玻璃瓶里,利用一闪一闪的萤光照射读书。通过自学,认生字,背诗文,积累词汇等,陈龙寿下狠功夫提高了文化水平。

据陈龙寿战友说,陈龙寿的文笔不错,字也写得漂亮,在部队的那几年,多次参加党训队的培训,加强政治理论学习。回到连队,他就把自己的所学通过板报和现场培训的形式加强宣传,给部队的战士做思想政治工作。这个看似"外行"人,做起思政教育工作却很专业,把理论学习与生动的故事相结合,使得战士都喜欢听他"讲课",因此,他荣获中功一次。陈龙寿1958年5月复员后,历任多个领导岗位。他在抓好业务工作的同时,每个月至少召开一次学习会议,始终重视加强政治理论学习。他深知,这是坚定理想信念,与党中央保持一致的重要前提,是保持奋发有为、与时俱进精神状态的动力源泉。

陈龙寿不仅注重单位上的政治教育工作,还经常在家庭开展政治理论学习。"自打我记事起,家里每个周末要召开一次家庭会议,会议的第一个议程就是开展政治学习。父亲每次手捧报纸读给我们听,给我们分析国际、国内形势等等,并且告诉我们新中国来之不易,年轻人要珍惜大好年华,好好学习,天天向上。"陈龙寿的儿子向我们介绍说,"那时还很小,听父亲讲起那些,经常听不懂。随着年岁的增长,我慢慢理解了父亲讲的内容,更懂得了一个共产党员的神圣使命是什么。"这种家庭会议持续了近十年,陈龙寿的言传身教在无形中感染了每一个家人,也在孩子心中种下了一颗爱党爱国爱民的种子。

二

陈龙寿1947年7月参军,被编入第14军第40师第120团,他参加过解放大西南、南线大追歼、解放云南、云南剿匪战斗,因为作战英勇,曾荣获大功和小功各一次。1950年，陈龙寿随解放军进驻大西南，以顺宁、云县、缅宁为南区，由他所在的团负责围剿。忆及往昔在云南的岁月，每一个细节他都历历在目。"云南地缘关系复杂，加上山多林密，交通不便，当时匪患横行，我们对大股集中活动的土匪进行分路合击，穷追猛打，进行分散剿灭。记得那次打得好苦啊！三个小分队一起出去剿匪，一夜激战到天亮，结束才发现只剩下我们小分队几个人，其他队的战友都牺牲了！"回忆自己所在部队参与云南剿匪的往事，他老泪纵横，激动不已。战士们不仅要打击土匪，还要跟恶劣的环境做斗争。西南地区空气潮湿，蚊虫、毒蛇遍地都是，在一次战斗中，陈龙寿的部队接到伏击任务。当时大家都潜伏在茂密的山林当中，不巧的是，不知从哪冒出一条毒蛇，足足有三米长，吐着信子，恶狠狠地盯着陈龙寿。陈龙寿吓出一身冷汗，如果是以前，他一个飞身，一棍子下去，立马可以打死这条蛇，可现在是战斗时刻，又是打伏击，一旦动弹将暴露整个部队。就这样，陈龙寿一动不动趴在地上静静等待这条蛇离开。回忆起那次经历，家人们至今心有余悸。

三

在战火纷飞的年代，陈龙寿奋勇杀敌，同时邂逅了爱情。因为阴差阳错，云南省云县一个名叫王怀兰的傣族姑娘，把"包"（"丢包"是傣族未婚青年的专场游戏，"包"是象征爱情的信物）丢到了陈龙寿的怀里。两人一见钟情，王怀兰爱慕军人，并随陈龙寿一起复员回到了家乡，婚后育有三女一子。当年奋战在战场上的英雄如今已是鲐背之年的老人了，可能已经难以清晰地表述当年的战况和战争年代收获的这份珍贵的爱情，但从他保存的泛黄老旧照片中，我们依旧可以深深地感受到，爱情之于战火就像一朵无法摧毁的生命之花，他不仅是老兵的个人情感，更是与爱国息息相关的动人故事。

1979年，响应国家号召，陈龙寿鼓励年仅16岁的儿子参军入伍，在部队做了一名电影放映员。回想一路走来取得的成绩，他儿子内心最感激的是父亲陈龙寿。"父亲对我要求很严格，甚至苛刻，经常用军人的标准来要求我。小时候，我生性顽皮，还很叛逆。"他儿子略带歉意继续说道，"记得有一次我和同伴玩疯了，天黑了也没回家。父亲满山遍野地找，后来看到我便追着我跑，在一个山冈旁，他一不小心扭到腰，跌倒在山沟，村里人把他扶回家。晚上我给他擦背，揭开衣服，后背满是伤疤，可以看得出来不是那天摔的。父亲说这个是他当兵留下的老伤。这一背的伤，他没跟任何人提起过，默默承受着，用自己的脊梁撑起一个军人的骨气！"这事过去几十年了，访谈中，他儿子眼角依然闪着泪花。是啊，这幅场景对于一个十几岁的孩子是多么震撼！也就是从那刻开始，他儿子决心要当兵，要成为一个像父亲一样令人骄傲的军人。

良好的家风影响的不仅是儿子这一代，红色基因也传承到了下一代。孙女从小就懂事，她最喜欢听奶奶讲爷爷的故事，在绘画艺术的大家庭熏陶成长的她，从广州美院研究生毕业后，选择了教书育人。她说，虽然没能像爷爷和爸爸一样当兵，在部队奉献青春，但她决心要用自己的知识来为党育人、为国育才。

四

1979年，陈龙寿在宁冈县针织塑料厂当党支部书记、厂长时，岳父从云南来宁冈探亲。那时交通不方便，老人家坐了一天一夜的火车到达新余后，由于年纪大，旅途劳累，下车就病倒了。接到火车站的电话通知后，陈龙寿焦急万分。当时宁冈没有开往新余的客车，情急之下，他只好用厂里的货车连夜赶到新余，把岳父接到宁冈县医院治疗。事后，陈龙寿把用车油费补交给厂里。

1981年，他在宁冈县医药公司任党支部书记、经理，当时家里正在盖房。承包工程的老板找到陈龙寿妻子，说要送些建材给他们家。陈龙寿知道后，严肃地批评了妻子，反复叮嘱千万不能收取。孙女回忆说："我奶奶跟我讲起那件事，对我教育也很深刻。奶奶说，那天爷爷从单位回到家里黑着脸，一声不吭。奶奶很了解爷爷，她知道收建材的事惹恼了爷爷。吃完饭，奶奶主动跟爷爷说，算点儿成本费给工程老板。爷爷突然站起来，大声说道，这是钱多少的问题吗？我是一个领导干部，更是一名共产党员！这种收受贿赂的事情绝对不能做！事后，爷爷把那个老板也教育了一番。"

"父亲这一生，经历坎坷，朴实纯粹，高风亮节，两袖清风。他忠于党，忠于人民。为官，堂堂正正；从政，勤勤恳恳；做人，光明磊落。他的思想和行为，一直深深地影响着我们，鞭策我们前行。"他儿子在采访中说道。

退役老兵陈龙寿一生做事勤勤恳恳，对人真真切切，丰富的经历塑造了他坚定而无私的高贵品格。就是这样一位老兵，从农村到部队，从部队到领导岗位，变换的是不同角色，但不变的是军人的本色和共产党人的底色。他始终保持严于律己、言传身教，让革命精神代代相传，在巍巍井冈山下述说着平凡的英雄故事。

中国共产党万岁
国家富强 人民幸福,
中国各族人民大团结万岁
　九十三岁的老兵
　　谷良芳
　二O二二年十二月十五号

谷良芳

泽斌
2022.11

谷良芳

谷良芳戎装照

谷良芳所获荣誉

> 谷良芳，男，河南省舞阳县人，1930年6月生，1949年3月参军，参加过解放战争、抗美援朝战争，在解放战争中先后参加淮海战役、长沙战役、岳阳战役等，在衡宝战役中勇往直前、不惧牺牲缴获敌人20多门榴弹炮，因作战英勇多次立功，复员后到万安县糖厂工作直至离休。

谷良芳
永做忠诚战士

文◎刘述涛

一

拿在手上的谷良芳的资料，只有126个字，我却从这126个字中看到了在那个充满战火硝烟的年代，从枪林弹雨中走过的谷良芳身上所展现出来的英勇无畏，以及他所拥有的坚定无比的信念。我也仿佛一下子就进入时光隧道，跟随谷良芳的脚步往前走。

那一年，才七岁大的谷良芳已经会背《三字经》《百家姓》《弟子规》，人都说，这孩子将来会是一位"状元郎"。1948年的枪炮声，打断了谷良芳的求学梦。当时正在郾城中学高中部读书的谷良芳，听到从远处传来越来越近的枪炮声，再也坐不住了。他一头扎向了支前的队伍，跟着比自己大的叔叔伯伯抬担架，扛弹药，救伤员。这段日子虽然艰苦，但却让谷良芳接受了战火的洗礼，看清楚了自己将来的人生路。淮海战役一结束，谷良芳就报名参军，并作为干部学员编入中国人民解放军第四野战军。

"四野"在军界中素来以善战闻名。谷良芳能在这样一支久经沙场的部队里历练，自然是很快就成为一名合格的战士。他不仅参加了郾城战役、确山战役、孝感战役和解放武汉的战斗，谷良芳和战友们还响应党的号召"打过长江去，解放全中国"，于1949年的5月渡过长江，一日千里，跟随部队参加了解放岳阳、和平解放长沙的战役。后又参加衡宝战役。正是在衡宝战役中，谷良芳所在的部队缴获了敌人20多门榴弹炮，这为谷良芳后来成为炮兵打下了基础。

直到现在，谷良芳仍清楚地记得带上缴来的榴弹炮，他们又开始南下，准备解放广州。正当部队来到广州外围，打算吃顿饱饭后再发起冲锋，哪知饭碗才刚端起，饭都还没有来得及扒一口，就听到从广州市内传来的爆炸声。侦察员说，这是溃退的国民党反动派部队正在破坏城市，并且正准备炸毁进广州市的珠江大桥。连长一声令下，部队全速前进。战士们把碗一放，拿起枪，背起弹药，就向广州市区挺进。刚跑到珠江大桥边上，就听见"轰"的一声巨响，桥上的一辆客车连同满载的乘客掉进了珠江。连长大喊，先救人！谷良芳同战友一起毫不犹豫地跳进冰冷的江水中救人。救完人，衣服都来不及脱下来烘干，又跑步进入广州市内，在国民党破坏的断壁残垣里搜救老百姓。此时，身上的衣服干了又湿，湿了又干。谷良芳说，只要能多救下一个老百姓，谁还顾得上自己的身子是干是湿。

广东解放后，部队开始为解放海南作准备，谷良芳的部队天天都在海边训练游泳。海水很冷，战士们的热情却很高，都希望成为先头部队，第一个登上海南岛。谷良芳有时一边游着泳，一边就开始憧憬，海南解放了，自己就可以退伍了，退伍回到家还可以去读完高中，再考大学，还能够……正当谷良芳想得美滋滋的时候，连长问他，小谷，你想什么呢？谷良芳说，我想海南解放了，就可以回家继续读书，然后……连长打断了谷良芳的话，对他说，你是一名人民战士，必须一切行动听指挥，党指向哪里，你就走向哪里。谷良芳把连长的话烙在了心里，一辈子！

打下了海南，谷良芳的部队更换装备，全部配备上了苏式高射炮。谷良芳也彻底地从一开始的步兵，转换成了炮兵。每天都开启高强度的炮兵训练，从瞄准、装弹、发射的每一个标准动作开始训练。训练好了之后，谷良芳所在的营奉命调往汕头，专门防守领空，时时提防国民党的飞机飞来轰炸。

谷良芳随同部队一到汕头,就遇上国民党的飞机进犯,谷良芳同战友一起,每天与国民党的飞机斗智斗勇。有一天,谷良芳正在炮位上训练,警报声响了,谷良芳立刻开始瞄准,炮手装好炮弹,随着一声"放",炮弹应声而出,就见一架轰炸机的尾部挂起一股黑色的浓烟。

在汕头的这段日子,谷良芳所在的部队击落击伤了多架国民党的飞机,使得国民党的飞机闻风丧胆,不敢轻易窜入。

二

1951年,前方战事吃紧,谷良芳的部队接到通知,准备入朝作战。

在入朝作战之前,谷良芳所在的部队将身体不好、表现不好的全部留下就地退伍转业,又从广西补充了三十多人,充实到谷良芳的连队。谷良芳读过高中,在当时算得上文化水平高的战士。连队就让谷良芳来组织战友们学习时事以及入朝之后该注意的事项。广州学习休整后,部队直接被火车拉到了东北安东市。在安东市补充装备的同时,又进一步学习了入朝之后如何同朝鲜人民打交道,以及朝鲜人有哪些风俗禁忌不能碰,并要求战士们遵守三大纪律八项注意,像爱护自己国家的人民一样热爱朝鲜人民。

"雄赳赳,气昂昂,跨过鸭绿江。保和平,卫祖国,就是保家乡……"唱着《中国人民志愿军战歌》,谷良芳同战友们一起跨过了鸭绿江,踏上了朝鲜的土地。哪知道在跨过鸭绿江的当夜,谷良芳就感受到了战争的残酷,美军装备精良,又有空军助阵。而志愿军的装备好多还是当年从国民党手里缴过来的。就算谷良芳的部队装备了苏制的高射炮,但对飞得如此高的美军飞机,也是无能为力。这一晚上,美军的飞机狂轰滥炸,有13位战友倒在血泊之中。掩埋好战友,擦干净眼泪,谷良芳又同战友们一起向目标挺进。

在朝鲜,谷良芳所在部队的重要任务,就是保护好交通要道和重要桥梁,不能让美军的飞机任意轰炸。美军一般先来的是侦察机,侦察机后才是轰炸机和战斗机。为了不暴露目标,谷良芳同战友一起把高射炮隐藏在树林里或是高粱地里,有时候为了占据一个有利地形,谷良芳还得同战友一起,把高射炮艰难地抬到半山腰上。当时的压力很大,生活也很艰难,吃的是冻土豆、炒面，但却很能够锻炼一个人的意志。在这段日子里，谷良芳同战友一道，击伤敌机六架，击落两架，迫使美军的飞机不敢到防区的上空。也正是获得了这样好的战绩，谷良芳的部队又在 1952 年的 8 月 27 日被调往平壤，驻扎在平壤朝鲜人民银行分行。谷良芳到平壤的第二天，就收到消息，美军将要轰炸平壤。这一天，谷良芳所在部队的所有高射炮都配备好了弹药。连长说，给每门炮都配备 200 发炮弹，你们就狠狠地给我打，把美国佬的飞机打下来，这才算本事！也在这一天，美军的飞机在平壤上空出现了 4000 多架次，而谷良芳将配备给他们的 200 发炮弹，一个小时就打完了。打完炮弹，看着美军的飞机夹着尾巴逃跑。连长又和指导员商量，连长守着阵地，将牺牲的十几位战友转移，指导员带着卫生员、文书、通讯员、理发员和谷良芳等 7 人到平壤市内去抢救倒塌房屋里的朝鲜群众。

这一天，到底救了多少朝鲜的群众，谷良芳记不得了。只记得自己用手扒，用棍撬，这边拖起一个，那边又拉出来一个。谷良芳顾不上自己又饥又饿，又苦又累，两手都扒出了血。他现在仍记得在平壤市立中学的坑道内，他同战友一起扒开倒下来堵在坑道口的碎砖，将 37 位晕倒在坑道里面的学生一个一个往外背。当他们 7 人返回连部的时候，一看到营房就瘫倒在地上，再也没有一点力气想别的事情，只想着睡。这么睡过几天，他们才终于恢复了体力，又可以坐在炮位上瞄准美军的飞机了。

三

在朝鲜战场上两年多了，最让谷良芳难以忘怀的是 1953 年的 1 月，谷良芳连同另外两名战友，还参加了师部的战争动员培训。原来在 1952 年底，美军又开始着手准备第二次仁川登陆作战，为了激发广大志愿军战士的作战热情，以更加紧迫的状态投入到接下来的战争之中，部队要开展战争动员宣讲员的培训班，让接受了培训的战士成为动员宣讲员，回到部队口传心授，让战士们了解国内国外形势，对战争的胜利更加心里有底。

1952 年的 10 月 25 日，是中国人民志愿军出国作战两周年的日子，平壤市防空部队司令部特别邀请两位同志参加志愿军出国作战两周年的纪念活动，谷良芳有幸走进平壤市防空部队司令部，接受朝鲜人民最高礼仪的欢迎仪式，收到鲜花和掌声。谷良芳和指导员一起站在舞台上唱起了《没有共产党就没有新中国》《中国人民志愿军战歌》，参加了朝鲜人民军的纪念活动晚宴。

在接下来的日子，战事也到了最后胜利的关键时刻，为迫使敌人在和平协议上签字，1953年的7月25日，中国军队在三八线上发起猛攻。谷良芳所在的部队收到命令，不要在乎敌军的狂轰滥炸，更不要在乎多打几发炮弹，只要能够多打下几架飞机，就狠狠地打。在这两天，敌军也像是疯了一样的反扑，但英勇的志愿军前赴后继，不怕牺牲。谷良芳的连队更是斗志昂扬，将所有的炮弹射向敌机，这两个晚上，击落敌军飞机两架，击伤两架。

不久，终于从谈判所在地传来了停战的消息，谷良芳与战友抱在一起喜极而泣。

四

谷良芳从朝鲜回国，先是部队休整，后分到了防空预校。1955年的4月，谷良芳又从防空预校转业到了万安县，分配到万安县供销社上班。然后结婚生子，过上了普通人的生活。谷良芳一共养育了四个子女，他一直都教育孩子要热爱国家，热爱家庭，做一个有责任心有担当的人。

在脱下军装之后，谷良芳的心里明白，比起那些牺牲的战友，自己算是幸运的。所以，所有的荣誉都属于过去，要的是不忘初心，活在当下。谷良芳将所有战役纪念勋章都锁到了箱子里。从此，勤勤恳恳工作一辈子。

那一年，县里筹备建设造纸厂，任命谷良芳为厂长。有人同谷良芳说，在供销社那么好的单位，去造纸厂图什么？虽是厂长，却是光杆司令一个，一切都要从零开始。谷良芳说，从零开始，又有什么不好？我虽然退伍转业脱下了军装，但在心里，我还是一位战士，永远要听从党的话，服从组织安排。

为了早日把造纸厂建起来，谷良芳没日没夜地扑在工作上，患有严重的肺结核也不肯休息，直到止咳不住，大面积出血才住进医院。身体刚好一点，他又投入到工作之中。县领导见谷良芳就像一头老黄牛一样努力地工作，总对他说，悠着点来，别把身子累垮了，身体才是革命的本钱。后来，他又从造纸厂调到县手工业局，又到县农业银行工作，最后到了县糖厂，一直工作到离休，谷良芳都是干一行，爱一行，一心扑在工作上。

离休之后，谷良芳还是离而不休，仍然发挥余热，积极参加社会活动，在"红色课堂"讲述自己当年经历过的战争，给孩子们上爱国主义教育课。他同几位老战士一起兴办实业，帮助困难群众再就业。谷良芳经常说，我是一位战士，不能忘记那些牺牲的战友，不能够忘本，年纪大了，做不了别的，我就做一点自己力所能及的事情。

现如今，已经93岁高龄的谷良芳最快乐的事，就是市、县退役军人事务局的人经常会来看望他，了解他的身体状况、生活状态，倾听他讲述当年抗美援朝的故事。

谷良芳说，我虽然脱下了军装，但还应该像战士一样战斗在工作岗位上，把一切献给我们的国家、我们的党。

谷良芳是这么说的，也是这么做的。

祝祖国强大
人民幸福

李航
2022年12月9日

李禄元
梦佳
2022.12

李禄元

中年李禄元

李禄元所获荣誉

> 李禄元，男，吉水县人，中共党员，1931年12月生，1949年8月参军，1958年4月加入中国共产党。他从军33年，参加过抗美援朝和抗美援越作战，荣立二等功一次、三等功二次，1982年转业至江西七〇六电视台任台长直至离休。

李禄元
碧海丹霞志士心

文◎胡粤泉

李禄元，出生于1931年12月，他1949年参军，不仅参加了抗美援朝，还参加了抗美援越，是一位名副其实的战斗英雄。已是耄耋之年的李禄元，思维清晰，精神矍铄，谈吐从容，热情大方。谈起他在战火硝烟中出生入死以及建设吉安市电视信号发射塔的艰辛过程，每一个细节，每一次感受，他都记得清清楚楚，历历在目，宛如昨天。

一

1950年，李禄元正从中南军政大学江西分校毕业，那年，他才19岁，在"抗美援朝、保家卫国"的感召下，他怀着抗敌的决心，挺身而出，随军入朝参战，成为中国人民志愿军的一员。

1951年1月21日，夜幕降临，李禄元所在的第40军第120师高炮部队，浩浩荡荡行驶在鸭绿江桥上，向朝鲜境内开进。当驶进朝鲜国土——新义州时，附近早已埋伏的特务，频频向空中发射信号弹，盘旋在夜空的敌机，迅速投下照明弹，把大地照得通亮，霎时，炸弹落地，响声震耳，迸射的火花更是骇人！李禄元听见自己的心跳在怦怦作响，幸好炮车司机沉着应对，闭灯行驶，借着照明弹的强烈亮光，开足马力急速冲出炸弹危险区，他们才安然无恙。可是，行驶到不远处，又遇上敌机在公路两旁投下的定时炸弹，他们冒着极度危险，从定时炸弹旁边通过，终于幸免于难。

经过一夜的行程，拂晓前，部队安全抵达预定宿营地。为防备敌机来袭，他们快速将火炮车辆实施伪装，人员也疏散隐蔽，李禄元隐蔽在一条长山沟的斜坡上，紧挨着凹陷处。果然不出所料，太阳升起不久，4架敌机就飞临上空，旋即顺着山沟，超低空依次对宿营地轰炸射击，他紧盯着敌机在他们面前一一掠过，敌机内的美军飞行员都清晰可见。由于对火炮车辆伪装严密，敌机未能发现，只是几栋民房遭到敌机轰炸，燃起大火。待敌机消失，他们立即开始紧张地灭火和抢救负伤居民。

在战斗岁月里，李禄元随所在高炮部队辗转朝鲜各地，一次又一次地执行对空作战任务。最令李禄元难忘的是保卫清川江大桥那次激烈的战斗，在这次战斗中，他差一点英勇牺牲。清川江大桥直通前线，是朝鲜交通的"咽喉"，在军事、经济上战略地位极其重要，被称为志愿军后勤保障的"生命线"。当时，敌人想方设法要炸毁这座桥梁。他作为炮兵教员，上级指派他到高炮二连协助指挥。

那天晴空万里，部署在大桥两侧的各个高炮连队正昂扬待战。上午8时许，敌机8架飞行编队飞临我保卫目标上空，待敌机飞到最有效射击距离时，上级指挥员下达命令：统一集中火力，猛烈射击！瞬时，各发射阵地炮弹腾空而起，一串串炮弹火龙般扑向敌机群，炮弹烟云包围着敌机，3架敌机被击中后起火坠地，其余敌机仓皇逃遁。

十几分钟后，敌军不甘惨败，又出动12架敌机，分批次、多方向对我保卫目标和高炮阵地轰击，高炮连对敌机猛烈开火，敌机仓促投下炸弹，但均未击中大桥。正在激战中，李禄元所在连队的火炮出现故障，无法射击，在这节骨眼上，他倏地从掩体内跑出，冒着浓烈硝烟，将火炮故障排除，紧接着，他又指挥这门火炮，对准一架敌机开火，随即，这架敌机被击中后在空中爆炸。另有三架敌机被别的高炮连击伤，敌机见势不妙，纷纷逃去。

上午接连两次对空作战之后，他们赶紧休整并补充弹药。不一会儿，远方对空监视哨所从电话里急切通报：敌机18架编队飞来！阵地上立即拉响警报，炮手们迅速各就各位，决定与敌机拼死一战。很快敌机就分批对大桥及高炮阵地轮番轰炸扫射，顿时，江面上水柱冲天、弹片横飞、硝烟弥漫。敌机扔下的凝固汽油弹呼啸而至，狂轰滥炸长达几小时之久，阵地变成了一片火海。危急时刻，作为炮兵教员的他，临危不惧，沉着应对，指挥击落了敌人3架飞机，其余被击伤的飞机仓皇而逃。

最终，我军保卫了清川江大桥。战斗结束后，清理战场时，战士们没有找到李禄元，大家都以为他牺牲了。中午吃饭时，李禄元竟然又出现在了伙房，炊事班长惊讶万分，抱着他激动得哭了起来。那天持续了一个上午的对空作战，敌机先后出动了38架，被我军击落8架，击伤7架，李禄元也在这场激烈的战斗中，荣立二等战功。

两年间，李禄元指挥对空作战20多次，共击落、击伤23架敌机。李禄元回忆他经受硝烟弥漫的战火淬炼的青年时期，深切地体验到：年轻人要在苦难的环境中锻炼，提高思想觉悟，坚定理想信念，才能在自己的人生道路上作出更多更大的贡献。

二

1951年2月10日那天，阳光四射，李禄元所在的高炮营到达上级指定的宿营地。他作为炮兵教员，领导指派他到炮二连协助连长指挥。上午8时许，4架美军敌机飞临上空，很快编成一路纵队。连长立即下达射击口令，瞬时火炮齐鸣，一串串炮弹火龙般射向敌机，先头敌机被击中坠地，其余敌机仓皇逃离。

几分钟后，敌机不死心，超低空突袭我方炮兵阵地，投下多枚炸弹，一些战友身受重伤，其中就有李禄元的亲密战友李长根，他在被送往救护所的途中，光荣牺牲。大家掩埋李长根的遗体时，发现他的左手不在躯体上。李禄元的心情十分沉痛，李长根是他的江西老乡，是他在军政大学的同班同学，又是与他同龄的19岁小伙子，平时英姿飒爽，可他那炸掉了的左手究竟在何处？李禄元不忍心让战友的残骸遗弃荒野，决心要找到李长根失去的左手。

在战斗间隙,他来回在阵地四周寻找,终于发现了那只手,他折断了一根树枝,使劲挖了个土坑,小心翼翼将其掩埋下。那一瞬间,李禄元抑制不住悲伤的泪水,哀痛地告慰他亲密的战友:"长根,你的左手,我已找到了,你安息吧!"

时光易逝,李禄元参加抗美援朝战争已过去71年了,他的战友李长根长眠在异国他乡也已经71年了。每当他回忆起李长根英俊的面庞、说话的声调、走路的姿态,以及他在军政大学刻苦学习的钻研精神,李禄元的思念之情就油然而生,他说:"倘若李长根活到今天,也和我一样步入耄耋之年了。我想起了陶渊明说过的一句话'死去何所道,托体同山阿'。"

三

1951年2月的一天上午,天空晴朗,李禄元所在的高炮营在朝鲜战场西线担负对空作战任务,炮手们警惕地守候在各自的炮位上,目光炯炯,精神抖擞,严阵以待。突然警报一声尖叫,侦察员大声地报告:"正南方向,4架P-51,临近飞行!"刹时,炮手已紧紧瞄准其中一架先头机,待敌机进到有效射击距离时,指挥员一声令下:"开炮!"我方所有高炮发射,响声震撼着大地,一串串炮弹火龙般射向敌机,几秒钟后,炮弹在敌机群中轰隆炸裂,一时火光闪闪,硝烟滚滚,眼见一架敌机中弹起火,拖着长长浓烟向远方栽落下去,其余敌机仓皇逃窜。不一会儿,他们发现敌机飞行员的降落伞向山区徐徐降落。阵地上一片欢腾,我方即刻组织了十几名战士,向降落方向疾速跑去,擒拿那美军飞行员。

两个多小时后,几名战士押解那高个儿美军飞行员向他们缓缓走来,只见他耷拉着脑袋,一绺黄发,高耸的鼻头,显得十分疲惫。把他带到临时驻地后,他一屁股瘫坐在地上,倚着一堵墙,惊恐失色,眼睛呆呆地望着战士们,简直是呆若木鸡。

上级得知他们抓住了美军飞行员之后,大力表彰他们取得的辉煌战果,而且特别指出:要对美军战俘宽待,不得肆意侮辱。一方面,体现我军的优待俘虏政策;另一方面,我军也想从他嘴里获取一些军事情报,例如美机的起飞场地、通常出动时间、要袭击的目标等等。为此,营长亲自端来一杯开水,示意让他喝，但他不动声色，一口不喝。后来营通讯员又递来了饼干和猪肉罐头，示意叫他吃，他还是那样疑惧不安，不敢吃。

为了向他说明我军对待战俘的政策，打消他的顾虑，营长找到李禄元，说："小李子，你读过高中，能不能给他说上几句英语，叫他不要害怕，我们不会杀他的。"那时，李禄元毕业才不久，简单的英语词句还记得一些，于是他高兴地答应下来。进到临时住房后，他向美军战俘招手示意，并用英语说着："Come in！Please！（请进来）"然后又对他说："Sit down, please！（请坐下）"他听懂了李禄元的话，坐下后，脸上泛出点喜色。最后，李禄元用安抚的口气对他说："We won't kill you！We won't do so！（我们不会杀你，我们不会这样做）"这时，别的同志也显出对他更友好的姿态，他领会了我军战士的友善，神态也开始振作些。李禄元拿出了饼干和猪肉罐头给他吃，用英语说着："Eat these cakes and this tinned pork.（吃些饼干和猪肉罐头）"美军战俘终于放心了，吃起了那些食品。到了夜间，天气变得更寒冷，通讯员又热情地送来了厚实的棉被和一件军大衣，安排他好好睡上一夜。第二天，上级机关来人把他带走。临走时，他十分感动，写了一张纸条留下，是用英语草体书写的，李禄元看不太懂，只认出了"It's very kind of you！Thank you！（你们真友好！谢谢你们！）"

过了些日子，上级首长表扬他们宽待战俘的工作做得好，并告知他们说，那美军战俘在我军的感化下，表现较好，还向他们供出了一些有参考作用的军事情报，李禄元也受到了上级首长的褒奖。

四

由于组织需要，1952年年底李禄元回国，来到山东炮兵基地训练炮兵军官。1958年4月，他加入中国共产党。1967年10月，李禄元担任南京军区炮兵第66师团参谋长，奉中央军委命令，赴越南安沛市作战。

安沛市，是位于越南西北的一座主要城市。当他们进驻安沛后，见到的是一片战火袭击后的废墟，没有一所完整的房屋，到处是断墙残壁，甚至连一些国家的领事馆也是面目全非。李禄元的高炮师及配属的高炮营进驻后，敌机更加紧了空袭。每次敌机进袭我军防区上空时，部署在四周的高炮师近200门高炮就一起射向敌机，炮弹的硝烟遮满整个天空，敌机纷纷仓皇而逃。经过半年的对空作战，高炮第66师击落击伤敌机75架之多，战果辉煌，敌机来袭次数日渐减少，高炮第66师保障了安沛人民的生命安全和该市空军机场的完好无损，不过，也有不少我军战士壮烈牺牲。

将要离开越南回国的前两天，李禄元随同师领导一道前往烈士陵园——越南友谊山。他们缓缓爬上山，看见那一排排、一层层林立的烈士墓碑，大家的心情十分沉痛，面对一个个烈士的墓碑鞠躬致哀。师首长仔细查看墓碑上刻着的烈士姓名、年龄、职务，他那饱经沧桑的脸庞上流露出哀痛的神色，他说："这些年轻战士的生命就这样走完了。"另一位师领导说："是啊！他们将永远长眠在异国他乡。"不知不觉，两个多小时的时间就过去了，大家久久不愿离开，悲痛的心情始终萦绕心头。车子开动了，李禄元依然不时回望那坐落于树荫下的墓地，心里默念着："战友！你们安息吧！"

在抗美援越战争中，李禄元荣立了三等功，他回国后，受到了毛主席对入越作战团职干部的集体接见。后来，他一直在南京军区炮兵部队，历任炮兵教员、参谋、参谋长、副团长等职务，他在军中工作33年，一直兢兢业业，期间还获得了解放军炮兵总部的奖励。

五

1982年，李禄元转业回到吉安市，受命创建江西七〇六电视台，并任台长、吉安地区广电局机关党委书记。当年吉安、赣州还没有电视信号，所以，必须在吉水县大东山建一座电视调频台，解决吉安、赣州两地看不到电视的难题。地委领导将这个重大任务压在了李禄元的肩膀上。要在海拔800多米的大东山建一个发射台，谈何容易。当时，通往大东山山顶的只有一条陡峭的小道，人空手走一趟，就要花去大半天，更何况，要用人力把钢筋水泥抬上山、建机房、立发射塔。

不畏艰难困苦的军人品质，早已深植于李禄元的心间，作为一名共产党员，他时刻要求自己要有担当实干的精神。一切从头开始，说干就干，李禄元带着一批人，深入吉水县大东山，披荆斩棘、开山开路、通水、通电，一砖一瓦地运上山巅，在山顶经常一住就是好几天。1983年的冬天是最艰苦的时候，也是最为关键的时候。腊月的大东山，气温在零下十几度，积雪漫过了膝盖，李禄元和大家吃的是豆腐乳、腌咸菜，睡的是冰冷的草棚，深夜，野兽的吼叫声此起彼伏。但是，就是在这种艰苦的条件下，历经整整两年，李禄元和同事们终于在海拔近900米的山上建起了一座电视信号发射塔。1984年10月1日，这是一个难忘的日子，江西七〇六电视调频台信号发射成功，吉安人民第一次看到了电视！李禄元不负重任，成功将电视信号源从南昌传输到了吉安市，解决了吉安地区、赣州市和抚州市周边地区老百姓看电视的问题，大大丰富了当地人民的精神文化生活，增加了百姓的幸福感。

时隔38年，每每谈起当年建台的艰辛，李禄元便感慨万千。8年前，江西七〇六电视调频台建台30周年的时候，李禄元写了一首诗——《庆江西七〇六台建台30周年》："披荆斩棘建高台，与山为伴视等闲。通水通电越天堑，一砖一瓦上山巅。机房巍峨浮云端，铁塔刺天锷未残。电视传入百姓家，一人辛苦万人甜。"

六

1993年，李禄元离休了，但他一直用党员、军人的作风严格要求自己。他每天看新闻，从央视的《新闻联播》到《江西新闻联播》，再到《吉安新闻联播》，一天不落。每当看到了振奋人心的时事内容，他还会写一些心得体会，投稿到报社发表。按照他的话来说，退休了也要老有所为。李禄元还多次被邀请到吉安职业技术学院和各中小学，给年轻的下一代们讲述抗美援朝战争故事，弘扬爱国主义情怀。2020年1月，他获得"江西省模范退役军人"光荣称号。此外，李禄元十分重视对子孙后代进行优秀文化的教育，他与妻子努力培养，使后代纷纷成为了社会各界的栋梁之材。

李禄元在生活中十分自律，他不抽烟、不喝酒，饮食清淡，以五谷和蔬菜豆类为主，注重学习养生知识。他每天早上六点多起床，吃完早餐会出门散步，经常去老干部活动中心看看报刊，每天晚上九点多就睡觉。年轻的时候，别人请他吃饭喝酒,他就不去,减少了应酬,保养了身体。如今已经是 91 岁的年纪,他没有任何慢性病,每天自己手洗衣服。他的老伴也是一个乐观开朗的人,在家种了很多花草,两位老人都身轻体健,能够生活自理。李禄元去医院检查身体时,医生开玩笑跟他说:"李老,您的身体真好啊,活到 120 岁都没问题!"李禄元听了,心里乐呵呵的。他说:"人的年纪大了,吃的方面,其实可以简单一点,人最重要的是要保持好心态,平常心看待一切,这样对健康也好。"

  李禄元热情、大方、和蔼、健谈,他不仅是一个有着丰富故事的人,更像一本永远读不完的书,有着年轻人学不完的智慧和经验。李禄元说:"在抗美援朝时期,我们的军队面对以美国为首的联军集体围攻,不畏惧、不退缩、敢于斗争、敢于胜利,这种精神风貌,希望年轻的下一代可以继承和发扬。同时,后人们应该继承中华民族的优良传统,好好学习,立志成才,发扬艰苦朴素的作风,自律、自爱、自信、自强,成为对国家和人民有用的人。"

在中国共产党领导下，中国人才站起来了。中国共产党永远是中国人民的救星，我要教育我的子孙后代，永远跟党走，艰苦奋斗，好事多做，坏事不向前。

新村 田塝内 胡子棣

胡子棣
梦传
2022.12.

2022.11.15号

胡子棣

胡子棣生活照

胡子棣所获荣誉

> 胡子棣，男，遂川县人，中共党员，1930年4月生，1949年1月参军，参加过解放战争、抗美援朝、地方剿匪，在服役期间多次受到嘉奖，并立小功两次。1957年，胡子棣复员回乡，退休后热心公益，累计捐款30万余元，2022年被评为遂川县"最美退役军人"。

胡子棣
时刻牢记使命

文◎郭遂英

"欧仔"是遂川县泉江镇新林村老一辈村民对抗美援朝老兵胡子棣的亲昵称呼。92岁的胡子棣，天气不算冷的时候总喜欢打着赤脚走路，留着板寸头，头发灰白，身板挺拔，面容黑红清瘦，精神矍铄，虽满口牙齿脱落，但耳聪目明，思路依旧敏捷。

胡子棣出生于1930年4月，是遗腹子，出生不久，由于家庭贫困，母亲便把他过继给了本族的堂叔家。母亲带着年幼的哥哥改嫁到梅江绍溪村。养父母家境也不宽绰，家里已育有一女，胡子棣过继的次年，养父母便又添一男丁。幸好，养父母心性纯朴善良，一直对胡子棣疼爱有加。胡子棣13岁那年，日军大肆侵略中国，养母在逃亡之时不幸中弹身亡。本是穷困的家庭雪上加霜，年幼的胡子棣只好辍学回家务农，帮着养父维持这个家徒四壁的小家。

一

1949年，胡子棣为逃避抓壮丁，随村里一些伙伴躲到了赣州于都，幸逢于都胜利解放，他怀着对革命战争的满腔热血，光荣地加入了中国人民解放军。

1950年，胡子棣所在部队前往辽宁安东驻守。10月，朝鲜战争爆发。年仅二十岁的胡子棣受命为指挥班长,奔赴抗美援朝前线。

胡子棣所在的连队指挥部设有电话兵、无线电兵、观察兵、侦察兵四种兵种,主要在顺安、平良以北作战,负责城市、机场、桥梁、公路、涵洞等重要设施的保卫工作,防止敌军偷袭。他们连队的责任重大,每天须二十四小时保持高度警惕,侦察兵发现有敌机侵略,观察测速敌机接近目的地时便迅速组织炮火猛力射击。长期的战斗生活,让胡子棣练就了非凡的听力。他能迅速根据飞机的声音,判断敌机的方向和远近距离,指挥他所在的炮团精准击溃敌机,为此,他连续两次荣立三等功。

战火是无情的。朝鲜的冬季天寒地冻,到处白雪茫茫,树木挂着沉重的冰凌,寒冷彻骨。敌军疯狂地寻找我军炮兵主力,各种口径的火炮不停地发射,敌机整日不停地扫射投弹,公路炸断了,炮手的耳朵震聋了,有的还震出了血。从后方运送炮弹要通过三道封锁线,连里组织炊事员、通信员、电话员、卫生员、司号员抢运炮弹。胡子棣在运送炮弹时,炸弹就在他不远处炸响,强大的气浪把他震开几米远,幸亏有遮挡物才使他幸免于难。战斗中,新炮手、老炮手轮流上阵,不畏敌军的猛烈袭击,坚持作战。此次战役持续了十八个昼夜,战士们一刻都没有离开战地。胡子棣带领他的战士不顾疲劳及寒冷的侵袭,利用敌军停火的间隙,不停歇地忙着检修被炸断的线路和被损坏的高射炮,组织疏散转移伤员,还要随时观察敌情,等候上级命令,防止敌军偷袭。敌军设置的重重关卡、路上的冰雪导致行走非常困难,每天后备军运送战争物资十分艰难,既要及时补给炮弹、炸药、医用药品,又要转移伤员病号。粮食供应严重不足,战士们饿了将就着吃点炒面,渴了抓点积雪解渴,冷了就地跺跺脚,搓搓手,每天只能休息一两个钟头。寒冷的天气、连续疲劳的作战、物资的匮乏让连队战士及装备损失惨重。

美军惨无人道的无差别轰炸让百姓死伤惨重,家园不复存在,到处都是凄凉的惨景。战后,胡子棣带领连队的战士们尽自己所能地帮助朝鲜群众,帮他们找好临时避难所,帮他们修复屋舍,帮他们恢复生产,捐出自己的衣物、食品,帮他们渡过难关。朝鲜的群众深切地感受到了中国人民志愿军的温暖、关怀。在战争最艰苦的时候,朝鲜群众宁愿自己用树皮充饥,却为志愿军战士们送来家里有限的粮食、瓜果菜蔬。他们教战士们说朝鲜日常用语，载歌载舞地表达他们的感激之情，歌颂祖国，歌颂毛泽东主席，唱战争歌曲，唱《东方红》。此情此景深深地印在胡子棣的脑海里，让他终生难忘。

胡子棣所在连队在朝鲜的顺安、平良以北等地坚守了2年零4个月。1953年4月，胡子棣回国，随部队受命前往福建厦门市，参加了炮击金门的战斗。后又调往泉州炮兵基地驻守。胡子棣在部队一贯表现优秀，多次受到师部的嘉奖及部队首长的赞赏，也深受连队战士的拥护。1956年，经组织批准，胡子棣光荣地加入中国共产党，成为一名共产党员。

二

1957年6月，经部队批准，胡子棣依依不舍地告别军营，带着政府发给他的500斤安家粮，响应党"从哪里来，回哪里去"的号召，复员回到了家乡。

27岁的胡子棣也老大不小了，经堂叔介绍认识了外乡穷苦人家的女儿郭冬英。养父家只有两间土砖矮房，弟弟成家住了一间，另一间是复员回来的胡子棣和养父同住。家里穷得揭不开锅，靠胡子棣的那点安家粮勉强度日。无奈的胡子棣只好跟邻居借了间无人住的旧房把郭冬英迎娶过门。婚后不久，恰逢吉安钢厂招工，胡子棣凭着部队练就的本领，正式成为炼钢厂的电工。

多年的部队生涯培养出胡子棣处处谦让、勤快的优点。在钢厂，他凭着过硬的技术、毫不松懈的工作热情、热心助人的性格深得钢厂领导和职工的喜爱。本以为日子就这样寻常地过下去，胡子棣打算安稳下来后把已怀孕的妻子接到身边安心待产。可老天总是捉弄人，生活刚刚有点起色，妻子郭冬英得了急性阑尾炎，家里穷困潦倒，胡子棣只是刚刚参加工作，结婚的债务都还没偿还清楚，身边一点积余都没。可病不等人，看着床上疼得打滚的妻子，他欲哭无泪，一夜急白了头。钢厂分管工会的领导得知此事，马上联系市人民医院，安排救护车连夜把郭冬英接到医院救治。及时的手术把命悬一线的郭冬英抢救回来。单位的职工们听到此事也都自发捐钱捐物托人送到医院，此时的胡子棣深深感受到了组织及同事们的温暖，暗下决心一定要以出色的表现回报组织、回报社会、回报帮助过他的人。

三

1961年，钢厂因种种原因解散。胡子棣回到新林村，服从组织安排在村委会任治保主任兼民兵连长。任职不久，他由公社安排到泉江镇安下村、桃源村参加社教。胡子棣秉着党员要作先锋模范、做事要带好头的宗旨，协助乡亲们脱贫。农忙季节，他顾不上自家的农事，没日没夜地帮助村里缺少劳动力的家庭抢收、耕种。

1967年，由于胡子棣在村里任职期间表现优异，也考虑到他是退役军人，当地人民公社抽调他到民政所担任民政协理员，负责救灾救济、低保优抚等工作。当时的公社干部工作条件相当艰苦，不是全脱产，需要一边在家从事劳动，一边在公社做民政工作，每月只有20多元工资。尽管如此，胡子棣每一项工作都一丝不苟，认真对待。他认真地走访困难户、五保户，真实了解有困难的退役军人家庭情况，细致做好筛查登记，把每一笔困难补助、救灾救济的资金精准发放到户。

有一年冬天的傍晚，下班回家的胡子棣在每天必经的祠堂路口，听到前边的池塘里传来"扑腾、扑腾"的拍水声，闻声而至，只看见两只手在水上拍打，身子全淹没在水里。他当即不顾天冷、水深，也不顾自己不谙水性，赶紧跳下去救人。救上来才知是村里的孤寡老人文吉秀，了解到老太太生活艰辛，温饱都成问题，此时生病无钱救治，胡子棣把老人送回家，掏出自己口袋里所有的钱，到村代销售点买来米、面，还到诊所求医生开了药送到老太太家，做好饭守着老太太吃完，并做好安护工作，直到看着老太太情绪安稳才离开。此后，他一直照顾着老太太的生活，帮助她在村里申请到了五保救助金，让老人的生活有了应有的保障。

邻居胡秋英是家中独女，招了湖南桂东的陈县平为婿。哪知陈县平体弱多病，没撑几年撒手西去，留下孤儿寡母和老弱体残的两个老人及治病欠下的巨额债务，生活困难可想而知。此时，胡子棣已有三个孩子，家庭并不宽裕，仅靠他那点微薄的工资支撑。幸亏妻子能干，田里、园里有些许收入弥补家用。他克服自家的困难，时不时地接济胡秋英，老人有个病痛总是未叫就到，帮着照顾，春耕秋收先是帮助她家做好，再忙自家的事。妻子忙不过来难免会表露自己的不满，胡子棣总是安慰妻子："在战场上牺牲了那么多英勇的战士，我的命也是战火中捡回来的。没有他们，我们怎会有今天的和平日子？我是一名党员，组织那么信任我，关心我，我应该尽自己所能去帮助有需要的人。我们更不应该忘记在困难之时给予我们帮助的人，相信你能理解我的所作所为，我们虽困难，但都是暂时的，相信我能让你们过上好日子。"

当年恶劣的战争环境导致胡子棣患上了严重的关节炎及胃病，让他经常苦不堪言，生活常有诸多不便。就这样，胡子棣也从未想过自己的困难，尽心尽责地做好工作，尽最大能力帮助村里有困难的村民。

四

1977年，一个偶然机会，胡子棣被林业部门招录为衙前林场职工，从事采伐、护林工作。后来，林业部门领导了解到他工作认真负责，又是退役军人，便抽调他到林业局执法大队。胡子棣在执法大队任职时严格执法，不徇私情。三年后，凭着出色的工作能力，他被提拔到衙前林场担任场长一职。胡子棣任场长后，感觉自身担子沉重，压力重大，想着一定要在工作上有创新，并承诺一定让林场有变化，让林场职工生活得到改善。十几年的时间，胡子棣把衙前林场经营得风生水起，成为全县林业系统的一面旗帜。

五

1995年，胡子棣光荣退休了。他凭着多年积累的经验，多方面经营，使家庭经济宽裕很多，生活得到很大的改善。条件好了的胡子棣并未松懈自己，依然敢说敢做。经过部队的硝烟洗礼，浴火中的重生，让他更懂得如何回报社会，言传身教。

新林村，地处泉江河畔，每到雨季，河水上涨，农田、房屋、庄稼容易被冲毁，损失严重。退休后的胡子棣凭着在林业系统工作的经验，非常清楚造林对防洪的重要性。于是，他动员全村党员和群众在新林河滩上开荒造林，连续五年，最终成活200多亩的杨树林，不仅有效治理了洪涝水灾，还保护了一方水土，为群众安居乐业筑起了一道天然屏障。

胡子棣看到村里有些道路未硬化，有的小桥破损，村建经费有限，胡子棣主动挑起义务投工的担子，组织全村党员加入修路队伍。有了政府的支持、村干部的号召引领，在他的带动下，新林村修起4条主干道、9条次干道。他还捐出2000元，修建了一座小桥，给村民带来极大便利。

退休后的胡子棣依然热心公益事业，看到村里有些孩子们因家贫而影响学业，便找到胡氏教育基金会陆续捐出了118800元。新林村要建一座老年文化活动中心，他又捐出了51000元。看到特困村民和孤寡老人生活无助，他也总是慷慨解囊。

胡子棣的五个孩子而今也都是爷爷、姥姥辈了，虽然如今家境宽裕很多，耄耋之年的他依然简衣素食，对自己要求严格。附近的路段，每天只要有空他都会清扫。在他的引领下，村民都自觉维护村里的公共财物。他觉得看似微不足道的事情也许就能给他人带来方便，看似渺小的东西，可聚少成多，关键的时候就能帮助到有需要的人。

"苔花如米小，也学牡丹开"。胡子棣只是个平凡的退役老兵，却有着共产党人精诚奉献的品质，时刻牢记使命，用最朴实无华的行为践行了共产党员的职责！

中国人民解放军万岁！

杨和田
2022年11月

杨子田
梦佳
2022.12

杨子田青年照

杨子田所获荣誉

杨子田读报

> 杨子田，男，河北省孟村回族自治县人，中共党员，1928年9月生，1947年8月参军，1965年9月转业。先后参加了济南战役、淮海战役、渡江战役、京沪杭战役、宁海战役、舟山群岛战役等重大战役，先后获得多次三等功。从部队转业后进入吉安地区粮食局工作，充分发挥党员带头作用，获得多项荣誉。

杨子田
身心献国忠于党

文◎龚奎林

1928年出生的杨子田如今已是95岁高龄，却还拥有一副硬朗的身体，每天坚持自己洗衣做饭、读书看报。谁也没有想到，这位默默无闻"隐居"在吉州区北门街老房子里的老人，其实承载了一段传奇般的英雄故事——他先后参加了济南战役、淮海战役、渡江战役、京沪杭战役、宁海战役、舟山群岛战役等重大战役，并多次获得三等功、四等功，还在中华人民共和国成立初期成为了能驾驶坦克的三级驾驶员。自1965年始，他从部队转业到吉安地区粮食局，低调谦虚、兢兢业业工作了23年，获得多项荣誉，直到1988年离休……

功勋卓著的杨子田没给自己半点英雄光环，而是选择了近乎隐居般的低调生活，不求登报不求待遇，仅满足于自己的生活选择——这种平静无华的心境中蕴藏何等高尚的思想觉悟！当笔者联系访谈事宜时，老人要儿子转告，不要来记者，不要来画家，只需一个采访者足矣。历尽无数峥嵘岁月的杨老在提起党时总是难掩内心的激动——一辈子感党恩！杨老总是强调党给了他太多荣誉，他无以为报。质朴的语言呈现着爱国爱党的崇高境界，他是这么说的，更是用了自己的一生去践行。

一

杨子田出生在一个世代为农的贫农家庭，这注定了他幼小年纪便要直面生活的艰辛，要比别人更早地自立自强。为维持生计，他在少年时就不得不经常为地主种地放羊，期间受尽屈辱与霸凌，常常挨饿，面黄肌瘦。在那样一个不太平的时代，他自然也无法避免战争对生活的冲击，何况这冲击是源于侵华日军对盐山县游击区的蹂躏。在如此困苦且充满险境的生活中，杨子田逐渐练就了战士所必备的心性，这为他日后在军旅生涯中大放异彩打下坚实基础。

抗日战争结束不久，国民党反动派又挑起了内战，蒋介石的胡宗南部队正准备包围延安。此时杨子田的故乡正大力号召有志青年保家卫国、保卫党中央。生活的历练已让杨子田成长为一名吃苦耐劳、不避艰险的优秀青年，19岁的他带着父母的嘱托，满怀一腔报国热血应征入伍，当年7月便参与了解放沧县的战斗，11月参加顾北战役，从此，他作为真正的解放军战士跟随大部队的步伐南征北战，从未停下为解放中国而迈进的脚步——1948年参加济南战役，后又参加著名的淮海战役。这都是大仗硬仗，很多战友牺牲了，杨子田下定决心要为战友们复仇。

在解放全国的征程中，杨子田对革命的认识不断深化，他看到了中国共产党所具有的那种能改变中国命运的巨大潜能，或许千百年未有之大变局将要因中国共产党而产生，也只有她才能为无数像自己这样的贫苦底层人民带来解放的福音、希望的曙光。于是他不断审视自我，改造着内心思想，很快他就决心成为那个在他心目中愈发伟大的中国共产党的一员，决心与众多党员一道践行"我将无我，不负人民"，他曾深尝底层农民的疾苦艰辛，因此他更想以党员的身份去破除无产者的生存困境。怀着这样的理想与觉悟，杨子田于1949年2月在进军合肥途中火线入党。只是愈发吃紧的战事不让战士们有稍微喘息的机会，包括杨子田在内，这些入党的战士们只能简单地在衣服内胆缝上自己的姓名、入党时间后，就迅速投入到渡江战役之中，为这场重大战役贡献自己的一份力量。

1949年4月,百万大军发起中国历史上规模空前的渡江作战。在党中央和毛主席的正确领导下,冒着国民党军舰甚至英国军舰和江防炮火的拦截,解放军势如破竹。过长江天险后,杨子田所在部队奉命追击向东南逃窜的国民党残部,一直追到杭州,参加了京沪杭战役,冲锋在前的杨子田在战斗中负伤,被敌人的子弹"咬"了一下胳膊,受伤后的杨子田简单在医院包扎后,单手扛着机枪,继续跟随大部队向宁波推进,荣立三等功。

二

杨子田所在的部队锐不可挡,在宁海战役中表现勇敢的杨子田再次荣获华东野战军第三纵队司令部政治部授予的四等功,然而此刻远不是庆功之时,解放舟山群岛的任务迫在眉睫,解放台湾的远大使命也洋溢在战士们心间。于是部队渡海行进至舟山群岛,让压力转化为催人奋进的动力。

1949年10月2日,在新中国成立的第二天,在开国大典的隆隆礼炮声中,爆发了舟山群岛战役中最为激烈的一战——金塘岛战斗,也正是在这一战中,杨子田战斗英勇,打出了解放军的军威军魂和战士的大无畏英雄气概。那一天,杨子田所在的营正面主攻棉花山,才刚攻下一个作为战略要地的村子便遭到了数倍于己的敌人的疯狂反扑。为夺取这个村子而孤注一掷的敌人可不容小觑,他们都是美式装备,通信调度也较为灵活。而解放军在长期的连续作战中消耗了不少精力和兵力,奔袭鏖战至此,难免陷于疲惫,攻下这个作为战略要地的村子又牺牲了不少战友,对面敌人反扑的攻势令我军备感棘手。眼看着敌人就要攻陷这个战士们舍命夺取的村子,副连长心急如焚,但仍坚定沉着地指挥。战斗进行到白热化阶段,身为机枪班班长的杨子田主动请缨,希望副连长批准自己带领机枪班绕到敌人后方两面夹击。在短暂而仔细地考虑后,副连长同意了杨子田的请求,大家都知道此一去生死难料,但破局重任已在肩头。杨子田义无反顾地率领机枪班战士游过村子后边的河,小心翼翼地借着夜色悄然隐蔽前行。敌人虽然攻势凶猛,但也只是穷途末路中一逞匹夫之勇而已,杨子田此刻极力保持镇静,细致观察地形和敌人动向,有条不紊地指挥战士们绕到敌人后方，占据有利地形。随着他的一声令下，机枪倾吐火舌扫向敌人，来势汹汹的敌人两面被攻，顿时陷入混乱。杨子田身先士卒，端起机枪在阵地间四处穿插，带领战士向敌人冲锋。终于在以杨子田为首的机枪班战士们英勇而灵活的攻击下，顽抗之敌死伤殆尽，不得不逃出村子……

凭借在这次攻取并守卫战略要地的战斗中的勇敢表现，杨子田荣立三等功。而此时战士们方知新中国已然成立，恰逢战斗获捷，可谓双喜临门，以金塘岛战斗的胜利为新中国庆生,正是这些战士们创造的佳话。趁着士气大涨，杨子田又率机枪班跟随队伍打下了金塘岛南边的敌111师师部驻点，再立新功。

三

1950年，新生的共和国面临的国内外形势不可谓不严峻，亟须加强内部建设、提升军备力量。在舟山战备工作和舟山群岛战役中均立下三等功的杨子田毫不犹豫地选择继续以战士的身份发光发热。当时的部队迫切需要能学习并掌握驾驶坦克技术的优秀战士，因此进行了较为严苛的选拔，既有年龄限制，又要战场立功，更要党员优先。时年22岁的杨子田已经是一位屡立战功的优秀党员了，部队很看好他，杨子田更是欣然愿往。于是次年1月，年轻的杨子田来到了第一坦克学校练习团1连学习并担任炮长。凭借努力的学习和出色的表现，杨子田很快便不负众望地转到第一编练基地第一期练习团第7连学习驾驶技术，并在此又一次立下了三等功。1951年他顺利毕业，成为新中国首批自己培养的坦克兵。

从坦克学校顺利毕业对杨子田来说只是完成了一个小阶段目标，他继续前行，将青春全部投入到军旅生涯中，奉献给党和国家。1952年，凭借过硬的驾驶技术，杨子田担任第一战车编练基地练习团第8连军士长。他不断勤学苦练，不敢有丝毫懈怠，作为战士，杨子田时刻让自己的头脑和体魄保持活力。当年11月，他再次以优异的成绩荣获三等功。其后的两年里，杨子田组建了自己的家庭，又受到了国家的慰问和表彰，但他深知眼下还远不是隐退之时，国内三大改造正如火如荼地进行着，边境线上的抗美援朝战争也才熄灭不久，有一份光就发一份热。杨子田果断地在1955年9月进入解放军第三坦克学校继续深造，立志成为一名更高素养的战士。秉持着一贯以来刻苦积极的学习态度，1957年8月杨子田再度顺利毕业并出任第三坦克学校第1营第2连党支委，很快被分配到志愿军坦克部队担任火炮5连排长。

抗美援朝震慑了美军，更向世界展示和证明了中国人民的气魄和中国人民解放军的军威。只是居安不能忘思危，杨子田继承志愿军所展现的雄风，雄赳赳气昂昂地跨过了鸭绿江，到达驻防平壤东北边的志愿军总部。1958年，周恩来总理访朝并慰问志愿军战士们，总理的慰问如同和煦的春日，给予了身处异国他乡的战士们贴心的温暖，也让杨子田更加坚定了为党和国家奋斗的决心。

回国后的杨子田驻守张家口，于1959年3月进入军校再度深造，1961年毕业后担任福建某部坦克团火炮营第1连副连长，次年3月又出任自动枪连副连长。

1965年9月，即将步入中年的杨子田迎来了其光辉军旅生涯的落幕。若从少年加入儿童团算起，那么杨子田已经为党和人民战斗了整整23年，毫无保留、彻彻底底地将青春献给了党和人民军队。此刻他终于得以稍作休整，退出革命一线，转业进入吉安地区粮食局工作。职业的变更不改其奉献国家的精神本色，杨子田换了一种为人民服务的方式，在地方上默默支持党和国家事业，数十年坚守在粮食局的岗位上。

四

一枚枚纪念奖章记录着杨子田优异的学习成绩和勇敢的战斗表现，彰显着杨子田血肉护国的决心与勇气。在吉安地区粮食局担任科长和多部门负责人的这段经历，又充分展示出杨子田献了青春献终身的人格境界。

除去战斗英雄和粮食局干部的双重身份，日常生活中的杨子田还扮演着一名普通丈夫和普通父亲的角色。在轰轰烈烈的革命生涯中，杨子田始终和家人相互扶持，他的家庭无疑过了多年的清苦生活，但也是无比幸福的，夫妻儿女之间始终真情相待，和和睦睦，其乐融融。杨子田和妻子于1953年成婚，这一年正是杨子田从第一战车编练基地顺利毕业到进入第三坦克学校深造之间的一段时期，可见才刚收获爱情和个人家庭的杨子田并没有多少时间享受这种温情，很快便再度投入军中锤炼自身。妻子很理解丈夫，虽有依恋不舍之情但仍坚决支持丈夫为党为国不断奋斗，而她自己在河北老家侍奉着公婆，做丈夫的坚强后盾。1961年，妻子带着孩子从河北老家奔赴福建随军，来陪伴已担任副连长的杨子田。夫妻二人的感情生活平凡质朴，没有显露任何耀眼的浪漫光华，但从中却透露出一种无与伦比的伟大与坚贞。无论是杨子田对党和国家的英勇奉献精神，还是妻子对丈夫的默默支持陪伴，他们的孩子们都看在眼里、记在心里，他们内心深受父母影响，已经无声地将父亲杨子田奉为未来人生的榜样与示范。杨子田言传身教并重，用不断的学习进取为孩子们树立严于律己的精神榜样，以自身品行潜移默化地感染孩子们，同时在家庭教育上格外严格，时刻不忘教导孩子们互敬互爱、尊老爱幼。杨子田树立的清廉家风影响之深，从长子对其家教印象之深刻以及子孙们的优秀品行上可见一斑。

杨子田的孩子们不负他所望，都已成长为友爱和善、自立自强的时代新人。这股优秀的家风由父传子，由子传孙而至长远，子孙们对杨子田的品行与觉悟进行了继承与发扬，这是人到晚年的杨子田颇为自得的最大幸事。

洛阳亲友如相问，一片冰心在玉壶。杨子田虽没有惊天伟业，但他跟随党和人民军队，不断提升自己，用自身的革命意志、战斗精神和无私奉献证明了自己对党的忠诚和对国家的热爱。他南征北战、戎马倥偬，是当之无愧的英雄！他血肉护国永爱国，身心献党永忠党，这就是我们最可爱的人，不求名利，不求回报，默默地奋斗在祖国最需要的地方。

马克思主义中国化时代化万岁

九十一岁老兵 朱车良

2022年11月15日

朱车良

潘斌
2022.10

朱本良

朱本良所获荣誉

朱本良参加宣讲活动

朱本良，男，河北省临漳县，中共党员，1931年5月生，1951年7月参军，1952年参加志愿军入朝作战，荣立三等功一次。1958年转业至国营井冈山综合垦殖场，先后在多地任职，获得"优秀共产党员""先进工作者"等多项荣誉。退休后，他潜心研究井冈山精神，深入东北老部队、河北母校、国防大学等机关院校团体讲课，讲课382批次，听课人数2.7万余人次。出版了《井冈山革命根据地》丛书。

朱本良
丹心永向党

文◎邝慧

一张油漆剥落的书桌，一张被褥叠放棱角分明的老式木床，一个略显粗笨的自制衣柜。壬寅中秋后一个风和日丽的上午，一间拙朴简陋的书房兼卧室里，胸前佩戴着一枚党员徽章、面容清癯、精神矍铄、91岁高龄的退役老兵朱本良接受了我的采访。随着话题的深入，耄耋老人慈爱的眼睛里焕发出青春的光彩，峥嵘岁月里的点点滴滴、朝朝暮暮瞬间浮现眼前……

一

朱本良，1931年5月出生于民风淳朴、崇文重教的河北邯郸临漳县章里集乡北柴屯村。勤劳节俭的爷爷朱尽臣靠着精明能干，积累下不菲的家产。朱本良父母是老实巴交的农民，育有三儿两女，朱尽臣寄厚望于孙辈，将孙儿女送入私塾读书。村办私塾里，六岁启蒙的朱本良和三四十个孩子在《三字经》《四书》《诗经》等书籍的墨韵书香里度过了无忧无虑的少年时光。

1945年抗战胜利，大哥朱本华将弟弟妹妹们带至河南安阳。朱本良在这完成了小学五年级及三年中学学业，因成绩优异，于1949年7月被聘为河北省临漳县北柴屯村小学代课老师。性本纯良的他非常享受和孩子们朝夕相处的快乐时光。

为了培养新中国年轻一代教师，上级号召青年教师报考师范学校。经正式考试，朱本良被录取到卫辉师范学校后师三班，1950年春离职读书。

二

1950年，朝鲜战争爆发，战火燃至中朝边境，严重威胁中国安全。全国青年学生纷纷要求参军，抗美援朝，保家卫国。1951年7月8日，朱本良经上级批准，参加了军干校。

参军后，朱本良被分配在华北空军第17师河北唐山飞机场场站政治处工作，职责是将调查了解的部队思想情况汇总写板报，并及时反馈给上级领导。朱本良工作细致入微，获领导赏识并倚重。1951年年底，因工作积极、能力较强，朱本良被调到唐山飞机场汽车队做文化教员。为了使学员尽快掌握驾驶技术（教练是苏联人），他不仅积极主动跟翻译交流沟通，还自编了顺口溜："汽油、机油、水，刹车、喇叭、灯，各部零件及电线，是否松动和连电。"朗朗上口，便于战士们背诵、领悟、掌握，简单实用。朱本良年纪轻、有文化、脑瓜活、性率真，教文化，教唱歌，教跳舞，特别有耐心、有方法，丰富了汽车队的业余文化生活，深受学员们喜爱。到了晚上，积极组织放电影、参加演出活动等，舞台上，他和战友戴幼文说的相声皆为他俩自编原创，取材生活，寓教于乐，赢得战士们的好评。

1952年11月，部队转场到辽宁丹东（当时叫安东）参加抗美援朝，朱本良在部队供应大队当文化教员。自1953年7月始，在志愿军空军领导的指导下，部队办了六期速成识字班，一本两三千字的识字课本，经朱本良循循善诱，战士们以拼音字母为辅助工具，一个月就能完全熟悉、掌握。1953年，由于教学工作表现出色，朱本良荣获由中国人民志愿军政治部颁发的抗美援朝三等功。1954年春，朱本良被调到志愿军空军某部政治处任见习秘书，负责政治处、青年团、组织科、文化科、俱乐部等科室人员的行政管理。上至领导发言稿的起草、文件的拟定，下至干部职工的生活待遇、组织纪律、劳动、学习全归他负责。1954年10月，经党组织批准，朱本良光荣加入中国共产党。

1954年冬季，部队奉命回国，改编为海军东海舰队航空兵部队。之后，朱本良随部队辗转上海、宁波等地，风餐露宿，无怨无悔，仍在飞机场政治处任秘书。1956年，办事可靠、积极上进的朱本良被提升为政治处组织助理员（连职干部），朱本良的工作是每月向师组织部做一次实力报告，说似简单，实则繁杂，从人事变动到枪械物资流动等，工作量非常大。为了保证准确，他用计算器、算盘，甚至笔算，一遍遍过筛，一遍遍核验，在他任职期间，没有发生过一次误差。

三

1958年春，朱本良在送走一批批转业战友后，政治处主任告知他也在转业之列。4月，朱本良恋恋不舍离开军营，来到江西省委组织部报到。当时海军系统转业军人安置地有两处：靠近大上海的上饶大鄣山和相对闭塞的井冈山，朱本良义无反顾提出要上井冈山。曾任华北空军第17师政委、海军东海舰队航空兵政委的罗斌，是从井冈山脚下永新县走出的骁勇善战的开国少将，在部队时，经常跟战士们讲述浴血奋战的井冈山斗争，年轻的朱本良，早就对那座革命的山、英雄的山心驰神往。

1958年春，朱本良转业至国营井冈山综合垦殖场。他坐火车，乘轮船，搭汽车，兜兜转转，再从永新挑着沉重的行李，翻山越岭，徒步百余里上了井冈山。自此，这颗来自北方的革命种子牢牢扎根在重峦叠嶂、举世闻名的井冈山。

朱本良一到井冈山，就分配在白银湖分场，任第一生产队队长，工作职责是带领队员们烧火土灰，种几十亩从东北引进的甜菜。从繁华喧嚣的大城市来到封闭落后的山旮旯，从解放军的教书匠到脸朝黄土背朝天的山里汉子，生活又苦又累，但朱本良无怨无悔——丈夫四方志，安可辞固穷！扎根井冈，报效祖国，让红土地旧貌换新颜，方能真正体现人生价值。

1958年8月1日,江西共产主义劳动大学井冈山分校成立,朱本良任白银湖生产队队长兼共大钢铁班政治老师。10月,白银湖分场改名为国营井冈山综合垦殖场钢铁厂,朱本良调任垦殖场拿山钢铁厂第二工区党支部书记。朱本良正值盛年,风华正茂,胸怀建设大好井冈的热情,带领工友们挥汗如雨、日夜奋战在生产一线,仅用了二十几天便建成了贵溪炉,之后,烧炭、挖矿、炼铁,昼夜不休,大干苦干,晴天一身汗,雨天两脚泥,英俊儒雅的书生在革命的大熔炉里锻造成了脸庞黝黑、双手粗糙的钢铁硬汉。

1959年10月,共产主义劳动大学井冈山分校搬到拿山,朱本良调到该校,自此,他在共大一干就是20年,先后任农业系、林业系、畜牧系和财经系党支部书记,校教导处主任及校团委书记,工作得到师生一致好评。1968年10月,响应号召,他和18岁的女儿(知青)一起下放到万安县枧头公社参加劳动。五年的风吹日晒,他成了犁耙耕耖样样在行的庄稼能手。女儿朱军先是跟着父亲和万安老表们风里来雨里去种田种菜,后被抽调到永新、安福等地修铁路,也曾到乐平甬山煤矿当工人。

在学校工作(含下放)的20年里,朱本良坚持和学生同吃、同住、同劳动,三年困难时期他曾和学生一起吃葛根、笠笠草充饥,也因此和学生们建立起亦师亦友的良好师生关系。朱本良不仅吃苦耐劳,还善于开动脑筋,带领师生们搞创收。1963年,朱本良带领一百多个学生到黄洋界、八面山一带护林,发现莽莽苍苍的大森林里有很多灌木般高矮的野茶树,每棵茶树都结了茶籽,便叫学生们把茶籽摘回来,一过秤,足足两百斤茶籽,后来换了六七十斤香喷喷的茶油,同学们高兴极了!在农业系当书记期间,农业系管理着几百亩稻田,工人承担犁田、灌溉、育秧等工作,学生则负责耘田、割稻,为了提高稻谷产量,在农业系主任胡自立支持下,朱本良召开了党支部会议,会上一致通过他提出的奖励机制:工人、老师及学生每人分管一亩稻田(学生以班为单位),老师、工人超产的稻谷归属个人,学生超产的稻谷归属班集体;班级养猪、种菜所得钱款归班集体支配,这一方案大大调动了师生的劳动积极性,实现了增产增收。

1979年冬至1982年上半年,他先后任井冈山党校教学科长及茨坪镇镇长,均取得不俗成绩。

1982年6月，组织部一纸调令，朱本良调任井冈山革命博物馆馆长兼井冈山管理局党史办主任。当时博物馆历史遗留问题较多，人心涣散。朱本良上任伊始，大刀阔斧，烧了第一把火：组织全馆人员办政治学习班，转变工作作风。朱本良亲自上课，讲了《历史唯物论》《辩证法》等课程，学马克思列宁主义、毛泽东思想。为期半个月的学习、培训，帮助大家提高了认识和觉悟，使博物馆作风发生极大转变。大家以百倍的热情投入工作，随后开展了抢救资料、征集文物、采访健在的老红军、修缮旧居旧址等一系列工作。

谈到在井冈山革命博物馆工作的八年，朱老笑着说："井博八年，我只干了三件事，盖一栋职工楼，改一次馆，编一套书。"

1983年8月20日，本着拨乱反正的上级指示，为纪念井冈山革命根据地创建60周年，朱本良带领全馆同志废寝忘食投入改馆工作。经大家反复激烈讨论，完成新馆陈列大纲、陈列小样的初稿，交井冈山管理局党委审核。省委宣传部批准后，于9月形成送审稿报中央审批。1986年1月，在北京军事博物馆，由军博承办，江西省委召开井冈山革命博物馆新馆陈列大纲及陈列小样讨论会，朱本良作主要发言，会议一致通过新馆陈列大纲和陈列小样。制定大纲前，井博人全力以赴做了一系列准备工作，全馆分成文物组、摄像组、原件组、红军歌谣采写组等若干支专业队伍，数十批次北上南下、跋山涉水，分赴井冈山斗争时期湘赣边界各县、乡、村，不辞劳苦征集文物史料。并先后赴北京、南京、广州、上海、南昌等地，多次采访当年参加过井冈山斗争的老红军、当事人或知情者。原件组多次进中央档案馆或有关省档案馆收集当年的历史文献。大纲通过后，后续又补充收集了部分珍贵资料。

1987年10月27日，新馆隆重开馆，有了新征集的珍贵文物、图片和历史文献等资料，改馆后的井冈山革命博物馆"内容准确、生动，声光电形式活泼、美观"，得到上级领导及社会各界广泛好评。

从1984年开始，根据省委指示，成立以朱本良为组长、以井冈山革命博物馆为编写组集中点的井冈山革命根据地党史编研协作小组，抽调了湘赣两省几十位党史研究人员来井冈山，开座谈会，整理材料，着手编撰中国共产党历史资料丛书《井冈山革命根据地》上下册。朱本良具体负责,组织工作计划、工作大纲、分工等,并解决工作人员遇到的实际困难。为使工作更细致、更全面,井博常派出工作人员,奔波于萍乡、株洲、宁冈等地开会、研讨,而朱本良常常主动请缨。《井冈山革命根据地》分为上、下两册,共计100万字,经过湘赣两省党史工作人员三年竭诚合作、群策群力、共同编撰而成,由中共党史资料出版社于1987年正式出版并发行全国,是目前较为权威的党史资料。出版时,为此投入大量心血、且贡献较大的朱本良却提出把自己姓名排在编撰组负责人名单的最后。编书时,正值单位评职称,当时井博人才济济,朱本良是馆长,又是党支部书记,也具备了评高级职称的条件,他却把唯一一个高级馆员的指标让给了一个为人忠厚老实、能吃苦耐劳的同志。他的言传身教,起到了安定团结的作用。吃苦在前,享受在后,这是他一以贯之的作风。

在井博一上任,朱本良便深入群众,家访、谈心,了解他们的困难及诉求。当时,井博人住的是老破旧的干打垒,解决职工的住房问题是当务之急。自上任始,他一次次向有关部门打报告,锲而不舍。1983年,经省文化厅批准,拨专款13万元,盖起一栋总建筑面积1200平方米、5层、共15套砖混结构的楼房。分房时,朱本良住在博物馆后一栋二层楼房一间潮湿的单间里,爱人住在女儿家帮带外孙。近在咫尺的夫妻近十年过着分居生活,按资历、贡献,论实际困难,他都可分得一套房。他却带头放弃了这一福利,房子得以顺利分配。面对家属的抱怨,他说:"我是馆领导,应起带头作用。"这,便是一个共产党员的无私襟怀。

1989年,朱本良调入井冈山市委宣传部工作。一本巴掌大的小本子上密密麻麻记录着他自1989年到1991年三年间为来山干部群众或外出到南昌、新余、吉安等地义务宣讲井冈山斗争史的时间、地点、单位、人数、授课内容、学生提问等概要,平均每年在学校、机关、企业宣讲场次达180余批次,听课人数达1.4万人。朱老讲课秉持历史唯物主义观点,深入浅出,朴实生动,客观严谨,幽默风趣,每堂课都赢得学员掌声雷动,课后反响异常热烈。上海市徐汇区井冈山考察团学员听课后深受教益,高度赞誉朱本良"青山丹心,革命传统,谆谆教诲,记我心中";北京师范大学每年组织学生上井冈山接受革命传统教育，每届学生均指定朱本良授课，曾赠送锦旗一面，上书"歌颂井冈山精神"。这样的事例不胜枚举。最难能可贵的是，上课他始终坚持三"不"，即不收费，不吃请，不搭课售书。

纵观朱本良四十多年的职业生涯，无论从事何种职业，无论身处逆境顺境，他始终以共产党员的标准严格要求自己：恪尽职守，任劳任怨，襟怀坦荡，淡泊名利。自1958年转业到井冈山始，获得"优秀共产党员""先进工作者"等多项荣誉，直到1991年光荣退休。他时刻以"最美奋斗者"孔繁森的话鞭策警示自己：每一个党员干部，都应当与人民同甘苦、共命运。他做到了！

四

退休后，朱本良并没有满足于养花种草、含饴弄孙之闲情雅趣。他觉得自己应趁还算年轻，身体尚健康，多做一些有益于社会和人民的事情。于是，他以孱弱之躯，不分昼夜，系统地整理并编写了七本井冈山斗争历史资料：《井冈山革命斗争史十课》《井冈山革命斗争史百问》《井冈山革命斗争史辞典》《井冈山革命斗争史故事》《井冈山革命斗争史研究》《井冈山革命斗争史文献集录》《井冈山革命斗争史歌谣》，写好后，免费送给博物馆、党史办、党校和中国井冈山干部学院作为党史研究资料，留给了后辈无尽的精神财富。

年逾九旬的朱本良，依然保持着一个退役老兵朴实无华的本色。他每周坚持扫一次宿舍楼，从自己住的五楼扫到一楼，用他的话说，既为社会出了一份力，还锻炼了身体。

如今，朱本良日常除了做点简单的家务，便是读书看报，看看电视，时刻关注国家大事、政策变化、民生民计。他在《扎根井冈山》纪念册里写到：自解、适度、双动，争取再活30年。（自解，指的是在社会上遇到任何不愉快或者想不通的问题，要靠自己学习提高认识，从内因解决；适度，指的是对任何问题都要掌握一个度，超度或者不足都会犯错；双动，指的是经常参加运动和劳动，既强身健体又锻炼头脑。）这是一个九旬老人的养生之道，也是一位退役老兵穷其一生印证的达观的人生态度。

用"一尘不染，两袖清风"来形容朱本良最为贴切。物质虽清贫，一寸丹心图报国，换来四代同堂、父慈女孝、儿孙绕膝。朱本良觉得这便是人生臻境。谈起克己奉公的一生，朱老云淡风轻："我就是一位普通的共产党员，做了一些平凡人该做的事情。"涓涓细流，汇成大海。正是无数个平凡人的不计得失、无私奉献，才支撑起屹立于世界之林的中华民族！

祖国万岁!
中国共产党万岁!

九十四岁老兵
熊斌
2022.12.8日

熊斌
泽斌
2022.12

熊斌

熊斌所获荣誉

熊斌工作照

> 熊斌，男，南昌市人，中共党员，1929年5月生，1949年8月参军；在二野军政大学四分校毕业时，被评为中队模范学员，并获得解放大西南纪念章一枚；1954年在空军第27师直属中队任机械师期间，立三等功一次；在八航校干部班学习期间被评为模范学员。1969年，熊斌复员至吉安赣中电子器件厂工作直至离休。

熊斌
党的教诲记心间

文◎康艺、胡思琦

见到94岁的熊斌老人时，他身体已经明显虚弱了，要保姆搀扶着走动。他女儿介绍说，前几年还好，现在耳朵听不清了，说话不利索了，眼睛也看得模模糊糊。采访对话提问很难，他女儿熊品英成了我们和熊斌老人之间的"翻译"。熊斌老人对近期的事难以记住，常常忘了这忘了那，但对小时候和当年随二野军政大学四分校部队进军大西南的事，记得清清楚楚。他说话含糊，多亏了他女儿这个"翻译"，让我了解到他苦难坎坷的童年、少年，特别是那场波澜壮阔、历经千难万险的进军大西南历史。

一

熊斌，1929年生于南昌。1942年日本鬼子逼近南昌，全城人心惶惶，掀起逃难潮，俗称"走日本"。熊斌父亲带着一家五口人向南方逃难。他父亲挑着一个箩筐，一头挑着年幼的弟弟，一头挑着吃饭的米、锅等，随逃难人群一路从樟树、丰城逃到吉安。妈妈牵着惊慌失措的熊斌和妹妹，被人流裹挟着往前跑。

熊斌一家历经艰险来到吉安，用几根木头、竹子搭一个草棚便算安了家。父亲是手艺人，会染布，为了生计，重操旧业。一天早上，劳累了一个多月的父亲去河边洗布，突然腹部一阵绞痛，疼得他在地上打滚，被人送到医院，诊断是盲肠炎，但是家里没钱，动不了手术，活活疼死了……

父亲突然离世，母亲与孩子们一个个如雷轰顶，悲痛欲绝:今后怎么办？一个寡妇带着三个孩子怎么生活？没有办法，母亲只好把熊斌妹妹送给别人做童养媳。熊斌怎么办？母亲托亲戚找关系把13岁的他送到了吉安儿童教养院，与一些寒门子弟一起读书，母亲则带着弟弟给富人家做保姆。儿童教养院实际是一所小学，以读书为主，有生活费，在现吉安市吉州区长塘镇的一座祠堂内。

转眼几年过去，熊斌小学顺利毕业。他与三个孤儿一起报考了国立十三中，未考上。他来到当地印刷厂，找了一份校对的工作，贴补家用。他白天去白鹭洲一所中学旁听，晚上到印刷厂校对，就这么半工半读，艰难度日。每到发工资，老板总是要克扣他的报酬。他恨透了贪得无厌的资本家！干了五年，终于迎来了1949年全国解放。

二

1949年，南国风卷烟漫，百万雄师过江。5月，陈赓将军率领的英勇善战的中国人民解放军第二野战军第四兵团，胜利解放了南昌。6月，二野军政大学四分校开始在南昌招生。

熊斌和许多痛恨旧社会、向往新生活的知识青年一起，怀着推翻旧制度、缔造新中国的宏伟抱负，以火一般的热情，投身于军大四分校这座革命熔炉，走上了革命的道路。熊斌记得，陈赓校长在一次大会上说："你们投笔从戎，抓住了革命战争的尾巴，希望你们牢牢抓住这个尾巴，勇敢坚定，革命到底。"这殷切的期望，令战士们终生难忘，始终鼓舞着他们奋勇前进。

熊斌所在的二中队战友全是吉安人。他们第一天就背上30多斤重的背包、水壶、挂包和干粮袋，进行了强行军。部队各中队都组织了宣传鼓动队，沿途设棚供水，为部队加油，向南、向大西南进军。一路上同学们高唱革命歌曲，歌声此起彼伏。随着野战部队不断向前推进，他们开始了边行军、边学习、边工作的战斗生活。

10月1日，中华人民共和国诞生了！兵团直属部队和军大四分校在赣州参加庆祝中华人民共和国成立大会，战士们心里自豪和喜悦的心情无以言表。

随后，队伍由沙市过江乘广三线火车到达佛山驻叠窖村。在叠窖驻了一个半月，除学习政治理论，还进行了军事训练和实弹射击。部队在佛山换装，各队抽调人员去三水县挑棉花和布，自制棉衣，抗大精神闪闪发光。

大军向南势不可挡，他们兵团在湛江全歼敌人部队后，配合四野部队解放桂林，接着解放南宁。12月9日云南和平解放，他们又开始日夜兼程。

队伍到达广西梧州，有三天两夜的水上生活，熊斌饱览了南海风光，这是自南昌出发以来最愉快的日子。梧州位于桂江和浔江交汇处，是广西内河航运的咽喉，又是西江流域的物产集散中心，素有水上人家之称。入夜水面岸上灯火辉映，别有一番景色。他们在梧州停留了7天，欢度中华人民共和国成立后的第一个新年。部队在梧州开展了广泛的文体活动，街头演出活泼新鲜，墙报琳琅满目，球类比赛每场必胜，四分校的名声大噪。

1950年1月7日，部队由梧州出发，女生中队乘船溯西江赴贵县，男生四个大队浩浩荡荡继续行军，当天到达苍梧县的龙圩。进入广西后土匪多，打前站要三五成群，武器随身带，夜晚岗哨成倍增加，病号要夹在大部队中间跟收营组一起走，一路上谁也不敢掉队，掉队便有被杀害的危险。

穿越十万大山，是熊斌最难忘的经历。

过百色后，开始进入少数民族聚居的十万大山。这一带山路崎岖，地形险峻，有时行二三十里路杳无人烟，每个同学都要背一袋米和干粮，口渴喝山泉水，肚饥嚼干粮，经常日行百里，极为艰辛。他们白天行军，一停下，若是住村里就给老百姓打扫卫生、挑水，与他们拉家常。晚上住路边、树林，地上铺些草，一躺下就睡着了。蚊子嗡嗡叫，轰炸机似的也听不见。第二天早上一醒来，看到身上、脖子上、脸上布满了蚊子留下的血点。

翻越十万大山的路上，他们有时还会断粮，就吃野果树根。熊斌因为水土不服，得了痢疾。没有特效药，一直没好，拉肚子有十多天时间，还与部队走散了。他想，我是副班长，绝不能掉队，追赶部队去！于是咬牙带着背包、枪支、子弹、干粮等，有40多斤，小跑追赶部队。

有一天黄昏，突然下了大雨，风呼呼直响，电闪雷鸣。他孤身一人无处躲藏，置身深山，感到很孤独，但他心里有一个信念：一定要活下去！一定要追上部队！这样才有希望！

他咬紧牙关，终于追上了部队！

旧州位于黔、桂两省交界处，尚有国民党军队8个团盘踞。兵团警卫团和炮7团掩护着四分校顺利进军。队伍在旧州过春节，吃盐水和糖下饭，人多房屋少，许多中队在露天采集树枝茅草搭棚而居。大年三十晚上，军大文工团演出了《白毛女》等节目。几天后队伍继续出发，走过工兵团用空汽油桶架设在南盘江上的浮桥，翻山越岭到达贵州省境内，这里地势高，平均海拔在1500米，山岭相接，绵亘不断。

这里土匪多如毛，熊斌和战友们沿途常看到尸体横躺在路上。山上水含毒，食用水要到山下取，来回几公里，部队到达册亭时已近傍晚。放下背包，大家就打扫环境卫生，找铺草打地铺，有的打着电筒到山下取水。云南当地群众唱着"解放区的天是明朗的天"，扭着秧歌欢迎他们，有时晚上还开军民联欢晚会，充满军民鱼水情。进昆明时，全校三千多青年排成四路纵队，打着八一军旗，唱着响亮战歌，迈着整齐步伐，雄赳赳气昂昂，由拓东路经保善街、护国路、南屏街、正义路，到达五华山下翠湖畔的原云南陆军讲武堂。至此，向大西南进军的征程胜利结束。

三

到达云南昆明后，熊斌和战友们在讲武堂学习二个多月。学政治、军事，生活在团结、紧张、严肃、活泼的革命大学校里，大家都分秒必争，想多学点本领报效祖国。可是由于国内外环境很不安宁，再加上海军和空军的组建需要大批经过锻炼的知识青年，于是，熊斌从军大四分校提前毕业。

服从是军人的天职。熊斌一次次服从组织分配，一次次调动工作，从南到北，又从北到南，一次次走上新岗位。

1951年，他通过体检当上了空军飞行员，但因为听力不行，后来改为地勤人员。后来，他在北京某机场、通县机场、青岛机场、唐山机场、大连机场都做过地勤技术师。因为文化程度高，部队领导器重他，哪里有学习培训的机会，都派他去。熊斌学习上进，吃苦耐劳，后来当上了大队的上尉机务参谋。

1954年，熊斌因工作出色，立下三等功。这时，他接到母亲犯病的消息，就请了十多天假，第一次回到吉安，看望了重病的母亲。这也是与母亲的一次永别，当年母亲就去世了。

1969年，他从蒙自空军部队复员回到吉安，分配在吉安电讯器材厂，后改名为赣中电子器材厂。在那里，他一干就是几十年，直至离休。期间，他做过模具车间主任、技术科科长、销售科科长等。

他工作兢兢业业，任劳任怨，认真负责，人称"老黄牛"，先后十余次获得先进工作者、积极分子等荣誉。

当时，工厂里生产铜具，有时会有小偷"光顾"车间。一次，小偷凌晨四点钟潜入工厂，在车间偷铜器。他一人在夜色中巡查，听到有声响，就蹑手蹑脚前去查看。果真，一个五大三粗的壮汉正背着铜器想跑。他迅速追上去，小偷丢下铜具想逃，他一个箭步赶上去，与小偷扭作一团。熊斌不愧是部队出身，有两下功夫，渐渐地他占了上风。小偷拼命反抗，竭力想逃，但最终被他制服，扭送到派出所。工厂为此表彰了他，因为之前发生过类似的事，七八个工人都抓不到，都让小偷逃走了。这件事轰动了当地，大家拍手称快！

他工作起来是一个拼命三郎，在工厂，常常是最晚下班的，家务事全落在妻子身上。一次，6岁的二女儿沾上了毒气，脸肿了半边，痛得哇哇叫，在床上打滚。他晚上8点才回家，看到此情此景，马上推出自行车，心急火燎地带上二女儿到医院。医生一看，说："这毒气好严重、好厉害，再晚几个小时，这张脸就毁了！"上了几次药以后，二女儿终于转危为安。

他为人正直，作风正派，高风亮节，同事们对他有口皆碑。作为销售科长，厂里为他配了一部新自行车，他却让给别的同志，说，我家里还有一辆旧自行车，可以骑。家属不理解：一辆破自行车，不可以给孩子们？他一笑置之。

离休时，按规定厂里要给他分一套房。但熊斌考虑到企业这么困难，就谢绝了领导的好意，仍住在一间没有卫生间的两居室里，一住就是二十多年。

熊斌的四个孩子都争气，先后参加了工作。两个小孩当工人，两个小孩考取了重点大学，现在都是工程师。孩子们工作后，看到老父亲还住在这么逼仄的房子里，心疼不已，便凑钱给老父亲买了一套有卫生间的小居室。

别人问他委屈吗？他说："不委屈，我那么多战友牺牲在战场上。与他们相比，我够幸运的了，还委屈什么？要珍惜现在的幸福生活！"

离休后，他依然没有闲着，继续发挥余热搞科研，贡献自己的才学。1990年开始，他一直研制一项技术，就是发明一项节能低耗的煤油煤粉炉。这种炉子不仅节约煤，还能减少污染，卫生环保。发明实验成功以后，他申请了专利，为此，他感到无上光荣！

光阴荏苒，岁月如流，七十多年过去了，当年的英俊青年现在已是鬓发斑白的耄耋老人。当他回首往事时，不禁缅怀老校长在毕业典礼上的最后一次讲话："同学们经过向西南进军的锻炼，经受了党的考验，抓住了革命战争的尾巴，没有掉队，跟上来了，这是好样的。希望你们戒骄戒躁，谦虚谨慎，继续前进，到边疆去，到战场上去，到最艰苦的地方去，到祖国最需要的地方去，为建设繁荣富强的社会主义新中国而奋斗！"

熊斌对部队的生活记忆犹新，至今仍思念老首长和战友们，他动情地说："敬爱的老首长，我没有辜负您的教导，几十年的路，我正是这样走过来的，并将继续走到心脏停止跳动时为止！"

祖国万岁！
共产党万岁！
　九十岁党员老兵
　　李发明题
　　　二〇二二年国庆

李发明

泽斌 22-10

李发明

李发明所获荣誉

> 李发明，男，吉水县人，中共党员，1926年11月生，1951年3月参军，参加了抗美援朝战争，荣立三等功一次。1955年2月复员回乡，学医当起了"赤脚医生"，一干就是60多年。

李发明
默默无闻的英雄

文◎邓莹玲

铭记历史，致敬峥嵘岁月。对于参加过"寻访参战老兵英雄事迹"的每个人来说，最大的感触就是：参战老兵们身上都有一段"少年义无反顾，归来终生不悔"的英雄故事。那些老兵在为国参战时义无反顾，奉献无悔的青春，复员以后却选择把"光辉的功勋章"收起来，毫无怨言为百姓做着自己力所能及的事，这些"平凡人"的身上闪耀着英雄的光芒。96岁的退役老兵李发明就是这样一位"默默无闻的英雄"。

一

"1951年的一天，我爸参军了，我奶奶很不舍，因为刚刚建国不久，国家都在搞生产，家里正缺劳动力，而我父亲是干农活的一把好手。但是想到那些为建立新中国而牺牲的烈士，我奶奶还是把我父亲送到了部队，没想到这一去就是5年。"李发明的大儿子李元贵平复了一下激动的心情，又继续说道，"我爸对于部队的事很少跟我们提起，他一生以军人的纪律来要求自己，严守部队秘密，从不在我们面前炫耀他在部队的英雄事迹。我们作为他的儿女，也是从我奶奶，还有我妈妈口中听到一些我爸在部队的事。"李发明对于当年他入伍参军的细节很少提起，在他看来，"入伍参军、保家卫国"是每一位中国人应尽的义务，可以想象那个时候的他，作为一个热血青年，肯定是满怀报国壮志，积极投身到军人队伍当中去。李发明因为多次中风，所以导致身体左侧偏瘫，不能站立不能行走，而且言语表述不清。当他听到儿女帮笔者回忆他入伍的情形时，很激动，右手不停地比划。看得出来，他有很多很多话想跟我们说。当年，就是这样一位普通的农村青年，为了响应国家号召，舍小家报国家，毅然决然离开老家，到了前线。据村里80多岁的老人李传远说，李发明老人在中风前，多次跟他提起，自己曾经为上甘岭战役提供后勤保障。当我们询问起这事时，李发明老人频频点头，异常激动。他女儿李桂英说，每当家里提起毛主席、彭德怀老总时，他眼角总会默默地流下眼泪。可以得知，老人对曾经那段当兵的岁月刻骨铭心，充满了无限怀念。这难道不是一个"人民卫士"最大的荣耀与自豪吗？虽然从他口中不能再现当年部队的枪林弹雨，但军功章、立功说明书就是一位老兵、一位军人担当的最好印证。

二

李发明有个称号"活菩萨老中医"，这个称号不仅在属地枫树陂村很响亮，而且十里八乡甚至连隔壁县（永丰、峡江）都知道。1955年，从部队复员时，李发明本可以去广西桂林火车站安安稳稳地抱着"铁饭碗"，但是他选择了返乡。天生爱好医学的他，发挥军人不怕苦不怕累的工作作风，拜师学艺、遍访明贤，学得一身高明的中医医术，特别擅长推拿、正骨、针灸、跌打损伤治疗。提到他的医术，他家人还有村民都有说不完的话。"是是是，村民程可来那年去摘茶籽，不也是摔伤了，也是李发明治好的。""还有谢学香，她干农活，手指被蛇咬了，当时中毒很深，人都晕过去了，医院说要截去根手指头，最后也是李医生治好保住了手指的。"村民左一句右一句，七嘴八舌地聊起来，大家对于李发明救死扶伤的例子说不完，对于他对百姓的恩情也道不完。李发明复员返乡就学医当起了"赤脚医生"，一干就是60多年！每年来他们家治病的人很多很多，有县内的，也有外地的。"我爸爸治好了很多病人，也治愈了很多疑难杂症。不管白天黑夜、刮风下雨、严寒酷暑，只要有人求医，他都立即前往，积极医治。他从不计较回报，给人看病基本上不收费，条件好点的家庭偶尔会医治后请他吃个饭，遇上穷点儿的家庭，他甚至还自掏腰包给病人买药治病。我爸就是这样一个人，虽然他文化层次不高，也只是一个乡村医生，可能他不知道什么是'医者仁心'，但他却用一个医者的实际行动在帮助百姓，救助百姓。"儿子李元辉说道。是啊，老兵李发明时刻想着百姓，秉承一个共产党员的本色，真正诠释了全心全意为人民服务的宗旨。

三

作为村里农业生产的一把好手，加上部队优良作风锤炼出来的品质，回乡后的李发明当了生产队长。村民回忆说，在生产队的时候，他干农活出勤最早，回来最晚，什么苦活累活重活他都第一个抢着做。"记得有一次我们生产队搞比赛，比赛有个项目就是耕田，几个生产队一起比赛，人数一样，看看哪个队在规定时间内耕得多。比赛那天，刚好不巧，我们队有个队员受伤了，作为队长，李发明耕完自己参赛的地以后，又在规定的时间内把那位受伤的人的地也耕完了。我们队还得了第一。"后来包干到户，他家的地是村里种得最好的，他靠着自己的双手养活了一家老小十几口人，还接济村里困难的村民。有一年村里粮食歉收，有村民跑来他们家借米，那户人家在村里是出了名的"懒户"，几乎借遍了全村，说是借，借的东西却从来没有还过，他也不是第一次来找李发明借粮食了。家人都不同意借粮食给他，因为李发明家里本来人口就多，自己粮食都不够吃，但李发明笑了笑，不顾家人反对，把粮食"借"给了那户人家。那户人家的后人回忆起这件事，每次都带着满满歉意的感恩之情。在李发明身上，农民的朴素体现得淋漓尽致。

四

李发明与妻子罗兰芳育有三子一女，家庭和睦，人丁兴旺，四世同堂。良好的家风，与他这位"大家长"有着直接的关系。他时常教导儿孙要牢记美好的生活来之不易，要发扬革命传统，传承红色基因。孙子李宇平现在就读于安徽某军事院校，他跟我们说："我从小就受到爷爷熏陶，我敬佩军人气节，崇尚军人荣誉，受他影响，耳濡目染，高中毕业就报考了军校。爷爷以军人的标准要求我，入校那天，爷爷告诫我要听党的话，要遵守首长命令，要吃苦。即便现在他表达不清晰，每次视频的时候看到我穿着学员军装，他都会欣慰地微笑。"对于这样一个军人家庭，我们在采访过程中也感受到军人家庭的氛围。清清爽爽的庭院，修剪整齐的绿植，还有朴素干净的桌椅板凳，这些细节无不体现着军人的风采。老兵李发明一辈子含辛茹苦，他对儿女说得最多的一句话就是："吃苦耐劳，勤俭持家。"三子一女均靠自己的双手在各行各业做好自己的本职工作，像李发明一样默默付出。次子李元龙说，我爸这辈子吃了很多苦，他为了给我弟（李元辉）交学费，到处借钱，他说就是砸锅卖铁也要让孩子多读点书。一句平凡的誓言，就是一座如山的父爱！

  习近平总书记强调："一个有希望的民族不能没有英雄，一个有前途的国家不能没有先锋。"英雄，一个崇高又充满力量感的字眼。平凡英雄来自普通的人民，他们朴实无华、不争功劳，在祖国需要的时候冲锋在前、义无反顾；他们甘于奉献、兢兢业业，在时代进步的浪潮中，构筑着我们的精神基座。像李发明这样的英雄，有着光荣的过去，却很少向人提起，默默做着平凡的工作，实在让人叹服。正是有了这无数个这样的平凡英雄，我们党才能始终永葆旺盛生命力，我们部队才能拥有强大战斗力。"平凡英雄"点燃了火把，也需要更多有坚定理想信念、无私奉献精神的人接过火把，以凡人之力凝聚起更多的中国力量，书写出更精彩的中国故事。

中國人民解放軍是鋼鐵長城!
青原退伍老兵
李武統
2022.11.8.

李武統
澤斌
2022.11

李武统戎装照

李武统所获荣誉

李武统生活照

> 李武统，男，吉安市青原区人，复员军人，1934年8月生，1953年8月入伍，在0142部队第3支队第2营第5连当通讯员，参加了抗美援朝战争，在服役期间荣获军训二级优等射手和一级优等射手称号，立三等功1次。2020年，获得"中国人民志愿军抗美援朝出国作战70周年"纪念章。

李武统
甘为农民作贡献

文◎曾思政

壬寅中秋后的一个上午，笔者怀着崇敬的心情，拜访了青原区富滩镇三友村委会寨下自然村的抗美援朝老兵李武统。十时许，我们敲响了李老的家门，他健步从里屋走出门迎接我们。咦！这哪像年近九十的老人——古铜色的脸庞，光泽的前额，矮小清瘦的个子，腰直胸挺，脸上挂着微笑，自然平和的表情，一点也看不出是一位出过国、立过功、受过奖的退役老兵——分明就是八九十岁的年龄，七八十岁的容颜，六七十岁的心态。

得知我的来意，李老微笑着端坐在我的电脑旁，一问一答式地接受我的采访。随着话题展开，李老平静的心不再平静，飞到了朝鲜，飞到了潮州，飞到家乡广阔的天地，飞到⋯⋯

一

李武统1934年8月16日出生于青原区富滩镇三友村寨下村。对于笔者问话，李老记忆惊人，翔实述说了自己的身世及参军前后的经历。一些事件发生的时间、地点、情景，李老记忆犹新，讲得有声有色。

李武统的童年在苦难中度过。他八岁时，父母亲节衣缩食送他们兄弟俩进学堂（私塾）启蒙。两年后，因为家庭实在困难，两兄弟只得回家帮助父亲种田。他家租种了富人家6石田（约3亩），加上祖上留下的几石水田、一石半旱田，生活半饥半饱，好不艰难。由于生活艰辛，营养缺乏，十五六岁的他还只是十来岁的个子，又矮又小又瘦。到新中国成立时，响应政府号召，他们兄弟进本地的良坊小学读了两三年书，不久又上扫盲班补学了几个月夜校。这样断断续续，李武统才勉勉强强摘掉了文盲帽子。

二

1953年8月，19岁的李武统入伍参加抗美援朝战争，两年后回国，驻军广东潮州市潮安县（今潮安区），投入紧张、严格的实战训练——为解放台湾作准备。李老细细回忆起这段经历，虽然他已是耄耋老人，但他思路清晰，答话有条理，话语中还显示出措辞的严谨，富有逻辑性。他回忆近七十年前的事就像是发生在昨天。他讲起当年入伍体检过程：1953年7月的一天，易姓乡长把他带到富滩村应征体检，他和家人二话没说，高兴地一路前行。体检就在富滩村一本堂里，由接兵部队军人和吉水县医院医生负责体检。体检一共有七道关，包括目测外形和高度、正步行走三丈长的路、小跑十丈远的一段路来回、做十个下蹲运动、检查视力听力、脱衣服目测检查全身外表，然后躺在床板上由医生按了按胸部，敲了敲腹部，算是检查内科。七个关全过了，再由接兵首长对话面试，内容涉及家庭、个人、思想政治及社会关系等。最后一位领导对他说，体检没问题，就高度差一点点，不合格，安慰他安心在家生产，今后有机会再说。李老还回忆，那时体检没有医疗器械设备，视力检查的环节，只要能看清几丈远的几个手指即可，听力则是隔一道墙能听出问话，基本回答准确就算合格，跑步不气喘呼呼，轻松自如即可，至于现代医疗体检的B超、透视、两对半、血检、尿检等完全没有，甚至体重也不用称。

李老欣喜地回忆："这一次全乡共去了十二个男青年参加体检，很多人因某关不合格而被淘汰下来了，就我外表长相好点，而且七关全过了，接兵首长说我就矮了这么一点。无望的我，只得安下心来打算继续务农。可是，过了五六天，吉水县武装部突然给我送来入伍通知书。不管如何，反正我是同意当兵的。我高兴极了，手捧通知书，满怀期待入伍！"

"通知要求新兵3天后到富滩乡政府集中统一出发。到乡政府我才知道小塘（今龙塘村）陈胜远也是新兵。刚好8月1日，乡长和我大哥（也是村干部）等五六人同行，步行送我们两人到吉水集中。到吉水县城住了一晚，第二天凌晨3点起床吃饭，头天晚上发了军装，编好了新兵班排连组织。我们新兵从朱山桥搭轮船到樟树，又上火车直达东北。四五天后新兵们来到鸭绿江边的丹东。那时学校放暑假了，我们驻在一所中学校园里，进行出国前约两周的集训。集训内容是简单的军事知识和技能，还学了几句朝鲜和美国话，并进行了政治、纪律和思想教育。我们坐船过鸭绿江。鸭绿江大桥早被美国佬炸了，鸭绿江比较大，和赣江差不多宽。过了鸭绿江就是朝鲜的新义州。又坐了好半天车才到驻军地，我是编在0142部队第3支队第2营第5连，担任通讯员，在连长身边送信、整理内务、上传下达命令。在朝鲜，我们的主要任务是帮助当地人恢复生产，参加建设，军训演习，还要时刻保持高度警惕，随时应对敌人的挑衅。"

"在朝鲜的日子里，由于我灵活干练，办事利落，进入状态快，连长、指导员很是满意，在多次集会上表扬我，团组织还吸纳我入了团。一年里，我们为朝鲜医治战争创伤，帮助朝鲜人民恢复正常生活、生产，起到了极大作用，得到了朝鲜人民的认可和赞扬。我们还参加军事演习，时刻保持高度警惕。"

三

三年多的残酷战争给朝鲜以极大的破坏，从生活设施到交通道路桥梁，从生活住房等到文化教育场所都遭到了毁坏。根据党中央指示，中国入朝部队要大力协助朝鲜人民医治战争创伤，尽快回复生产。李武统回忆，他们当时分配支援任务非常具体细致，各个部队团营连单位对口支援。他们连对口支援两个村的恢复建设。李老说："当时统一作息，早上两个钟头军事训练，上午上工地帮助基建，或者下地里农业生产劳动，下午文化学习和训练，晚上学习、会议。有时工程任务紧，或生产赶农事，也会调整打乱。"总之，两年来虽然没有枪炮声充耳，但他们没有丝毫松懈，把训练场视为战场。

在朝鲜的两年里，他们进行严格的军政训练，政治思想素质、文化素养都有所提高。在朝鲜有几件事令李武统至今还难以忘怀。

1954年末，板门店停战协议早已签字，历时三年多的朝鲜战争也已结束。虽然中朝和美方表面上签订了停战协议，但是美方表里不一，言而无信，经常引发小摩擦。中朝军队时刻保持百倍警惕，丝毫没有刀枪入库、马放南山的麻痹迹象，做到常备不懈，给敌人以牙还牙。李武统部队的训练驻地，距离划定的停战三八线不远。他们训练时以实战为主，平时部队经常拉响战事警报。记得一天晚上十点左右，战士们刚要入睡，就响起了刺耳的警笛声。由于平时他们经过多次预演，新兵们以为这又是模拟训练。谁知这天晚上一小股敌人真的从山坳里向我哨所的死角方向摸了过来。李武统眉飞色舞地回忆道："那晚，我们通过暗哨报告得知，有一小股全副武装的美国鬼子企图偷袭和抓走我方哨兵。可是敌人万万没想到，其狡猾行径都在我方严密掌控之中。营房里简短的战前部署后，我们兵分三路向目标包抄，连长带着加强排迂回到敌后，防止敌人往回逃脱，另两个排就近埋伏，守株待兔。一刻钟刚过，信号弹腾空而起，照明弹照如同白昼。敌我双方都有军令，都不敢轻易放第一枪。敌人见状，大惊失色，慌忙掉头往回逃跑。这时，连长和二三十位战士突然挡住了回路，敌人调转头见到一道'铜墙铁壁'，慌慌张张朝我营地反方向逃窜，指导员和二排也犹如神兵天降将敌人堵住了。这时三排也从两个方向围了上去。敌人成了瓮中之鳖，只好束手就擒，乖乖当了俘虏。这场不费一枪一弹的战斗，无疑又增添了一个美方破坏停战的有力证据。"

1955年春，一个细雨霏霏的早晨，几个朝鲜小朋友上学，路过志愿军营地旁的一斜坡时，一位小朋友滑倒，顺斜坡掉进路边山塘里，其他孩子吓得大哭大叫起来，哨兵也大声呼喊救人，李武统凝重地说："战士们正在远点的场地训练，一早，我刚好在连部整理内务。听到呼救声，立马跑出连部，朝出事水域奔去，一路上，只脱去一件外衣就跳进水中，山塘水不深，可淤泥很深。我蹚水爬行到孩子身边，这时泥水已淹没到了孩子的下巴，我使劲连抱带拔，将孩子拖出水面，艰难向岸边挪动，这时多名战友赶到，一个拉着一个，好不容易才把我和孩子弄上岸。战士们将满是泥巴的孩子安全送回家。事后，朝方学校老师和家长非要当面谢我。我腼腆地对大家说没什么，谁见到有人落水也会去救的。"说完，李老欣慰地笑了。

1955年8月，他们部队接到命令返回祖国，驻军潮安。在潮安他们仍然是学习军事和文化，训练使用步枪、冲锋枪、机关枪等武器，还要学习游泳和驾船。期间由于他刻苦努力，积极钻研，不怕苦、不怕累，各项成绩优良，1956年荣获军训二级优等射手称号；1957年军训获一级优等射手称号；1958年1月司令部授予他三等功；他还参加各体育项目训练达标，获得了"劳卫制一级标准"证书，并获得奖章两枚。要知道，全连一百多官兵参加这一活动，他是唯一获得一级标准的人，全师也为数不多，仅有寥寥几个。这些证书分别由中国人民解放军广州军区第41军第122师、0142部队第3支队和司令部颁发。所有奖章、证书和照片，李老视若珍宝，包了一层又一层，妥妥地藏于箱底，笔者采访时才小心翼翼拿出来，摆了一桌子。

1958年10月，李武统复员回到家乡务农，他说他们的连长、指导员和战友也同时复员回到了地方。

四

李武统复员后的岁月里，有坦途，有坎坷，有喜悦，有悲痛。首先是父母兄长多方托人为他介绍对象。可他认为自己父母年事已高，兄长和弟弟长期在外地工作，交通不便很少回家，嫂子尽管贤惠，可拖儿带女，要照顾老人十分吃力，他要选择一位脾气好、心地善良的姑娘，因此拖到第三年才完婚。正常男青年二十八九岁结婚，拿现在来说再平常不过了，可在六十多年前，就罕见了。

由于他是复员军人，身体特棒，人又和蔼，还有文化，多家单位和厂矿向他伸来橄榄枝，他脱产当干部或工人应该是轻而易举的事，可是他看到父母年迈需要照顾，三兄弟暂时还未分家，在生产队里一个大家庭，没一个强壮的男劳力当顶梁柱，老的老，小的小，这万万不行。于是他打消了外出工作的念头，再说他认为，自己体力劳动惯了，又喜爱家乡这块沃土，直到现在对当初的选择他仍无怨无悔。李武统婚后，夫妇俩互敬互爱，三兄弟妯娌之间非常和睦，共同为父母养老送终。他们生育了三男五女，可天有不测风云，1961年出生的长子，于2004年独自一人外出，直到现在也杳无音信，生死不明；1963年出生的长女，19岁那年也因病去世。硬汉李武统没有被中年丧子的人生悲剧所击倒，而是振作起来，格外呵护其他子女。如今，他最小的儿子李善仟也已44岁了，且各自儿孙绕膝，家庭幸福美满，享尽天伦之乐。

李武统回乡务农后，严格要求自己，从不提自己在部队立过功、受过奖的光荣历史，更没有向组织提过任何要求。在生产队群众眼里，他简直是老黄牛，始终勤勤恳恳，任劳任怨。他的人缘特好，爱集体，没有私心，从不占公家一点便宜。他最高职务就是当过十几年生产队长。二十世纪六七十年代，他正是中年，血气方刚，富滩公社多项工程建设正需要这样年富力强的劳动力上阵。这时，李老向笔者数来宝似的说出他上过的各个工地：茅园、蔡坊、白珠庙、菱塘、肇基山、古富、新坑等中小型水库；1971年上马的螺滩水电站，连续三四年，每年都要四五千民工上工地，最多那期工程七千人上阵；还有县内的同江河改造工程、百里长廊绿化工程、南井公路修建、县外的永新铁路等，都没缺少过他，有的还是自告奋勇。在各个工地上，领导安排他干过突击队、爆破组、搬运班等苦累脏的活儿，他二话不说，愉快接受，圆满完成。总之哪里任务重，哪里工程艰巨，哪里危险和困难，哪里就有李武统。他老想着自己年轻当过兵，体质好有力气，他不干谁干？每个工地总结会上，李武统总被评选为先进工作者或劳动标兵。他自豪地说："我曾两次进县城，上主席台领过奖，一次是同江河改造工程竣工表彰会，另一次是全县多个水利工程完工和各行业先进模范群英会。那时，我戴着大红花，县领导还亲自为我们发奖呢！"

烈士永垂不朽

胡䤪

2020.7.1.

胡自立

泽斌
2022

胡自立

胡自立戎装照

胡自立戎装照及所获荣誉

胡自立所获荣誉

> 胡自立，男，复员军人，湖南省衡南县人，1933年12月出生，1950年1月参军，参加了抗美援朝，荣获三等功，1957年12月转业。胡自立在共产主义劳动大学井冈山分校工作时，获得江西省劳动模范称号，在律师岗位上，被江西省司法厅授予先进工作者称号。

胡自立
无愧军人本色

文◎康亿

退役老兵胡自立，无愧于军人的光荣本色！

熟悉他的朋友，对他的为人做事总是竖起大拇指，赞不绝口，说："他富有爱心，有正义感，喜欢主持公道，在群众中有威信，有魄力！他团结友爱，乐于助人，甘于奉献！"

他的老战友、井冈山革命博物馆原馆长朱本良每次谈起他，总是滔滔不绝，说："胡自立突出的性格是工作吃苦耐劳、任劳任怨！爱打抱不平，见义勇为！他勇敢机智，慷慨大方，临危不惧，不向恶势力低头，为人正直，有一颗慈善之心！"

胡自立，1933年出生于湖南省衡南县接官亭乡。他17岁参军，后来又雄赳赳气昂昂跨过鸭绿江，投身硝烟弥漫的抗美援朝战场。他随同志愿军第38军一路前行，历经千难万险，在枪林弹雨中冲锋奔跑，跟着部队一路战斗。作为宣传兵，他在朝鲜三年多，荣立三等功一次，是全军宣传兵中唯一的立功者。

几次采访，他给我们娓娓道来，讲述当时抗美援朝战场上惊险而奇特的故事。

一

胡自立和战友们风尘仆仆赶到朝鲜，天天急行军。傍晚，他们就地宿营，战士们都是和衣睡在草地上。冬天的朝鲜就是一个字"冷"，气温竟达零下二三十度，往往是第二天一早起来，一睁眼，就发现旁边几位年轻战友，已经永远睡着了，再也醒不来！胡自立是个刚刚初中毕业的学生，哪里见过这个阵势啊，最后只得和战友们擦干悲痛的眼泪，继续前行，追击敌军。

中国南方战士到朝鲜，一看到这冰天寒地，一片白雪皑皑，惊诧不已！从没有看过这么大的雪、这么厚的冰、这么冷的天气！入朝几个月后，就没饭吃了，都是和着雪吃炒米、炒面、炒青稞。不能生火煮饭，因为一生火冒烟，就会被美军的侦察机发现，马上一架架轰炸机，就像乌鸦般飞来，一顿狂轰滥炸，每次战士们牺牲受伤的都不少。有时候，后勤跟不上，战士们就吃草根、树皮。

部队秋毫无犯，不惊动当地百姓。晴天，可以在野外宿营，下雨天怎么睡啊？地上湿哒哒的，而且极寒冷。战士们就想出了一个办法，把自己捆在树干上，抱着冰冷的树干睡觉。因为太辛苦、太劳累，一会儿就睡着了。

胡自立作为宣传兵，宿营了，大家休息了，他还要写宣传报道，写快板，写新闻稿，刷标语。常常他煮了一盆米糊去贴标语，短短的一两分钟内就要贴上去，不能慢，不能拖，否则，后果不堪设想！有一天，胡自立去贴标语，没有带上刷子。他就双手沾满糨糊，抹上墙，想糊多一点，糊满一点，于是慢了一点，只是多待了半分钟，就冰冻住了，手粘在墙上，拿不下来。旁边的战友们赶紧用热水，浇了一遍又一遍，冰融化了，他才脱身。冰冻三尺的朝鲜是多么寒冷啊！

志愿军战士在人生地不熟的地方行军作战，拼的是体力、精力、智慧和一颗誓死保卫祖国的爱国心！人人都有"牺牲自我一人，保卫祖国和平"的钢铁般的信念！

二

胡自立作为一位年仅17岁的宣传兵，相当于战地记者。当时，他就是一门心思保家卫国，跟着部队拼命跑，一路上，时而穿插，时而隐蔽，时而奔袭，绝不掉队。三年多时间里，他参与十多次惨烈的战斗，见证了战争的无情，报道了战友们英勇杀敌的事迹，见证了第38军军长梁兴初运筹帷幄决胜千里的动人故事。

1950年11月4日深夜，第38军组织的一支先遣队冒着风雪，向着敌后出发了！他们化装成伪军，巧妙地通过敌关卡，一路上神出鬼没，机智巧妙地穿插到敌后，真是"不入虎穴，焉得虎子"。他们夜袭武陵桥，并于11月26日早晨将其炸毁，创造了战争的奇迹。20世纪风靡全国的著名电影《奇袭》，就是根据这段真实的历史改编而成的。

战役胜利后，打打停停的谈判休整期间，因为空闲，大家有两项娱乐活动可做。一个是扳手腕，只要一张桌子，就可以比拼一下。胡自立虽然年轻，但个头高，多年锻炼，力气特大，打遍全连无敌手。还有一项是单腿斗鸡，也是一项技巧活动，胡自立照样是把一位位战士比下去。大家对他刮目相看："看不出呢，小秀才，力气这么大！"

休息时，多才多艺的胡自立常常拉起手风琴，奏起了《莫斯科郊外的晚上》《喀秋莎》等歌曲。战友们听到这些悠扬的音乐，马上围过来，一起合唱起这一首首优美动听的歌曲！

三

胡自立经常到火线采访、宣传报道，见证了这场血与火书写的战役，激励了战士们的昂扬斗志。

在火线上，他主动参与战斗，抢救伤员，勇敢的行为受到了首长多次表扬，并荣立三等功，是全军不拿枪、靠一支笔战斗的宣传兵中唯一立功的。

胡自立获得三等功，却感觉很惭愧。他说："我没有黄继光舍身炸碉堡的壮举，没有邱少云在火海中被烧仍一动不动的坚强，没有神枪手击毙许多敌人的神勇，没有罗盛教救朝鲜少年的献身……我没有打死一个敌人，没有缴获一支枪，没有俘虏一个敌人，只不过是用一支笔作为武器进行宣传战斗，只不过背回了十来个伤病员。对比他们的英勇善战，这实在是太平淡无奇！"

原来，胡自立每次上火线采访，或送信、送食品上去，都被连长催促赶快离开："你不拿枪的小秀才有个意外，我怎么向团长交差？"回团部时，胡自立总是背一名重伤战士回来，在三年时间里，他先后背回了十多名重伤员。当时部队评先进、评立功者，都是由连、排一层层往上推荐，而胡自立却是伤病员推荐出来的先进！

一次，师首长到后方医院慰问伤病员，随意问了一名重伤员："小伙子，你是谁背下来的啊？""胡自立，那个高个子秀才……"伤病员说着说着就哽咽起来，"他是我的救命恩人啊！要不是他不顾危险把我背下来，很可能被敌人反复打来的炮弹炸死了……"旁边一位战士接着说："多亏了他，别人背一名伤员要两个多小时才下来，他一个多小时就背我下来了，拼命啊！"首长一问，医院竟有三名伤病员是胡自立背下阵地，再背回战地医院的。

他们目睹了气喘吁吁的胡自立背着自己，在荆棘丛生的山野里奔跑，看着胡自立被刮破的血淋淋的双腿和全身湿透的破衣衫，感动不已！

师首长吃了一惊："我要见他，这也是英雄！"

稚气未脱的胡自立来到首长面前，首长看着胡自立清瘦的面庞、高挑的个子，特别是看到他被荆棘划伤的双腿结着纵横交错的伤疤时，首长唏嘘不已，动情地说："好样的，一个文化兵，一个小秀才，竟背下这么多重伤病员，要表扬，要嘉奖！"临别时，首长紧紧地握住胡自立的手。

1953年底，志愿军召开了表彰大会，荣立三等功的胡自立列席。志愿军首长们接见了所有立功者，并与他们合影留念。

首长与战士们亲热地簇拥在一起，在一处山坡上，官兵席地而坐，随着摄影师一声："看镜头，坐好！"咔嚓一声，这张黑白的照片，永远定格在难忘的记忆中！

四

1958年，胡自立放弃留在大城市的机会，毅然奔赴他向往已久的革命圣地井冈山，在共产主义劳动大学井冈山分校一干就是二十多年，他把青春和热血都洒在了这片红土地上。胡自立先后担任农科系主任、总务处主任、工会主席等职。

当时，共产主义劳动大学是半工半读，勤工俭学，不要国家一分钱。像胡自立这样行伍出身的人，吃苦耐劳，任劳任怨，可谓如鱼得水。当时的学校领导很器重他、信任他，让他撒开手脚大胆干。他在工作中取得了显著成绩，成为了当地学习的榜样，组织上给了他很多荣誉和鼓励。1960年，他先后获得"江西省劳动模范""江西省文教系统先进积极分子""中国科学院江西分院优秀特邀研究员"等光荣称号。1960年5月，他参加了江西省教育系统文教群英代表大会，会后接受了新华社记者的访谈，《人民日报》摘录登载了他在大会上的发言。

1975年，胡自立作为江西共大的生产技术负责人，带领一批学员，到海南三亚师部农场，学种杂交水稻技术。在那里，他幸运地认识了"中国水稻之父"袁隆平，他是湖南省学员的总负责，胡自立与他朝夕相处四个多月，日日见面，胡自立向他学习讨教，学到许多本领，育种技术大大提高，原先制种亩产就三十斤左右，学习后亩产达到一百二十五斤，是100多个学员中制种的最高纪录！

胡自立是农科系主任，又是生产能手，1976年，他从广东引进花生优良品种"粤油551"，虽然仅一斤种子，但胡自立种了半分地，2年后发展到几千斤。期间胡自立将花生种子免费提供给共大200多户教职工，让家家户户都种上了花生。原先亩产仅五六十斤，胡自立提供的优良品种平均亩产五百多斤，最高的达到六百多斤。

1983年，胡自立决心考律师，军人出身的他不灰心、不气馁，搬来一沓沓法律书籍，日夜苦读，翻阅摘录，全身心沉入其中，像一位矿工在知识的大山腹内挖掘宝藏。年近50岁的他简直拼命了，他的行动在告诉人们："放上一座悬崖吧，竖起一道绝壁吧，在人生的旅途上，我渴望像瀑布作一次雄狮般的咆哮！灾难来吧，洪水般地奔泻而来吧，我将把灾难旋转为一挂如雷鸣的瀑布！"

这一年，胡自立果然考上律师，他压抑多年的才华终于找到一个喷发热量的火山口！案件接一个办好一个，别人不敢受理的棘手案件也敢接。他雄辩的口才、敏捷的思维，在法庭上一次次淋漓尽致地发挥！譬如，别的律师办理的第一审判为死刑的案件，他中途接手有四例，经他辩护全部改判，或减为无期，或减为有期徒刑二十年等。"救人一命，胜造七级浮屠"，他理解到法律的公正和无情。经他受理辩护，还改判数起冤案、错案，昭雪后的当事人长跪不起，感恩戴德地拜了又拜。这时，他感受到正义得到伸张的快慰。1985年，他评为江西省优秀律师；1987年，他任井冈山市律师事务所主任；1988年他因成绩突出，破格评为高级律师，这在全省还是第一次……

"路见不平挺身而出"是胡自立的性格特征之一，这名声竟闹腾到南国去了。有一次，胡自立去深圳打官司，途中车上四名持刀歹徒肆无忌惮地抢劫，全车人几乎个个呆若木鸡。只有胡自立勇敢站起来，大喝一声："抓歹徒！"随即与之搏命，被砍三刀仍揪住一歹徒不放，歹徒惊呆了："碰上不要命的，撒！"打开车门逃了。胡自立救了全车的乘客。他血流全身，更令他痛苦的是心在泣血："面对邪恶的歹徒，竟没第二人站出来，应该是'邪不压正'啊！"

胡自立面对那么多丑恶、虚伪、肮脏的社会现象，他有遗憾、有失望、有愤怒。"黑夜给我黑色的眼睛，我却用它寻找光明。"当律师拿起法律的武器，不正是捍卫光明？

他心中更多的是对生活的热爱，是对真、善、美的追求，是对人类、对生命的深情。胡自立常告诫儿女："做人凭良心。老实是最大的聪明，喜欢耍小聪明的人或许一时可以得逞，但最终他的画皮将被剥下，小胜在智，大胜在德啊！"

一位修家谱的胡姓本家说："你是湖南衡南人，应是胡铨后裔。从祖谱中查到，胡铨后代有一支迁徙到衡南县……"胡铨是历史上一位脖子最硬、不怕死的耿直诤臣。胡自立骨头里，饱含太多"冻死迎风站，饿死不弯腰"的钙元素！

胡自立，无愧于军人的本色！

改革开放
国强民富
永丰老兵 张瑞
2022年12月14日

张瑞珍

泽斌
2022.10

张瑞珍

张瑞珍在长城

张瑞珍所获荣誉

> 张瑞珍，男，永丰县人，中共党员，1930年11月生，1949年9月参军，任战士、班长，1952年12月加入中国人民志愿军，赴朝鲜作战。1954年复员后分配到家乡工作，期间获江西省政法工作先进工作者等称号。

张瑞珍
脱下军装还是兵

文◎刘晓珍

老兵都有轰轰烈烈的过去，也有默默无闻的现在，他们安静地生活在自己的一隅，在他们身上，那种被战火和部队生活历练的经历，透出一种顽强和无畏的精神，这种精神一直在他们的血液里延续着、蓬勃着，成为一种信念。

退役后，他们不居功自傲，积极奉献，建设家乡，他们无愧是最可爱的人！他们的优良品质值得我们学习和传扬。

我有幸应邀采写永丰籍退役老兵张瑞珍。正张罗前往永丰县恩江镇采访之时，因为疫情情况，只能临时改为电话采访。于是，我拨通了张瑞珍儿子张育民医生的电话，告诉他我的电话来意，张育民医生说其父今年90多岁了，听力不行，口齿也不太清楚，有什么问题采访他即可。接着，张育民医生与笔者聊起了其父张瑞珍苦难的童年、非凡的青年、不褪色的晚年。

一

1930年11月18日这天，乌云密布，中午时分更是黑沉沉的，像玉皇大帝打翻了墨汁瓶。突然，轰隆隆的雷声响起来，大树被狂风吹得东倒西歪，摇摇欲坠，紧接着，一道闪电像划破了天空。雷声震耳欲聋，如在耳边。不一会儿，黄豆大的雨点从天而降，打在房顶上噼里啪啦直响，伴随着暴雨，张家的小屋里传来一阵呱呱的哭声，一个婴儿降生了，这个男婴就是我文中的主人公——张瑞珍。张瑞珍的出生并没有给这个家庭带来欢愉，相反，更加重了一家人的艰难，四岁的姐姐懵懵懂懂看着母亲对着刚出生的张瑞珍哭诉："你不该来到这世界上，你爹狠心将我们抛下，缸里没米，屋里没菜。我一个妇道人家怎么拉扯你们长大，孩子，你投错胎了呀！"张瑞珍哪里懂得这些，吮着母亲干瘪的乳头，死劲也吸不出几滴奶水，拼命地哭。母亲看着张瑞珍哭，自己也哭了起来，一家人哭作一团。第二天，坚强的母亲抹干眼泪，愣是下地，冒雨去寻野菜，找吃的，家里一切似乎恢复正常，更多的苦难积压在母亲的身上，再苦再累还是挑起了丈夫撂下的重担，顽强地活下来。

缺油少米的日子难捱，家里缺少男人的日子更难捱。如今说起那时候的苦日子，张瑞珍都不堪回首。别人家耕地是男人上前，他们家只有母亲背着绳子犁田，别人家收稻谷的时候是男人拉车，他们家依然是母亲在前。村里的人看张瑞珍家实在是揭不开锅，接济一点点米，母亲却是数着米下锅，她自己舍不得吃。

日子挨到1940年，张瑞珍母亲由于常年超负荷的劳累摧残了本就虚弱的身体，贫病交加，一天不如一天，就像灯油快要燃尽。她自感在世的时日不多，于是，托人给十四岁的姐姐找了个婆家做童养媳，条件是同意带着十一岁的弟弟张瑞珍一同出嫁。安顿好了姐弟俩，没多久，母亲便去世了。

童养媳在那个年代是最底层的媳妇，在姐夫家人眼里，跟随姐姐陪嫁的张瑞珍更是一个拖油瓶、吃干饭的角色。姐姐为了让婆家人不嫌弃弟弟，做牛做马地起早贪黑、家里家外地帮婆家做事。尽管如此，姐夫一家人还是对张瑞珍看不顺眼。姐姐不仅要放牛、打猪草，还要伺候懒猪般的姐夫，为他端茶倒水，稍有不慎，不是打就是骂，揪耳朵、下跪是家常便饭，挨打不给饭吃是常有的事。姐姐看到张瑞珍瘦得皮包骨，个子也总长不高，一天偷偷拿了两个红薯给弟弟吃，结果被发现，姐弟俩同时罚跪，公公打，婆婆打，两夫妻轮换打。姐弟俩抱头痛哭，张瑞珍说："姐姐，我要离开这里，离开这个地狱般的家。"姐姐哭着说："姐姐对不住你，没有照顾好你。你快快长大，长大就远走高飞，不要在这里吃苦、挨饿、受打。"

这次事件之后，姐姐留心给张瑞珍寻了古县一家篾匠师傅当学徒，这样才好不容易离开了姐姐可恶的婆家人。这一年张瑞珍才12岁。

二

古县圩集繁华热闹，人口流动大，是永丰县城连接南面乡镇的必经之地。1949年，张瑞珍已19岁了，解放战争的胜利给全国民众带来了福音，古县小镇也不例外，进驻了很多解放军，宣传革命胜利的好消息，号召青年参军参战，帮助所有穷苦人民脱离苦海，争取全中国人民翻身得解放，争取全国革命的最后胜利。

这些革命宣传在张瑞珍脑海里激起千层浪，他毫不犹豫地报名参军，投入到革命队伍中去，拿起枪杆子解放更多像他这样受苦受难的人，将革命进行到底。

张瑞珍对旧社会的压迫剥削深恶痛绝，他原以为是自己命苦，以前处在水深火热之中是命中注定。到了部队，他终于明白了革命道理，思想觉悟提高了，他挺直腰杆，决心跟着共产党干革命，推翻这吃人的旧社会。

张瑞珍以前是个文盲，参军后开始学文化。在部队这个大家庭里，他感觉天空是蓝的，战友之间是友善的，首长对士兵是和气的，部队生活是快乐的。张瑞珍在部队学习了更多的知识，了解了国内外的形势。平津战役、淮海战役虽然取得了令世人瞩目的胜利，但民生困苦，特别是国民党长期滥发纸币，造成物价飞涨、投机猖獗、市场混乱、民不聊生。美国"扶蒋反共"，与中国人民为敌，在经济上实行封锁，在军事上实行包围，中国共产党面临着新的考验。张瑞珍暗暗下定决心，一定要做个好军人。

1949年9月下旬，刚参军不久，张瑞珍被分在江西省公安大队。第一次执行任务，他奉命去永丰县君埠乡与宁都黄陂交界山里剿灭一股匪徒。那时他刚参军，真枪实弹地干还是第一次，手拿着枪直打哆嗦，十分害怕，经过几天的战斗，不紧张了，他还消灭了一个匪徒，高兴得跳起来。不久，张瑞珍被提拔为班长。

三

1950年10月19日，伟大的抗美援朝战争打响，张瑞珍所在的部队于1952年12月初赴朝鲜参战。一开始，上级通知他所在的连队连夜行军，要在30个小时内赶到汉城待命。出发前首长强调部队轻装上阵，尽量精减装备，张瑞珍连的武器装备基本还是带上了。大家精神抖擞，斗志昂扬，夜间行军黑灯瞎火的，大家背上都背负着几十斤的枪支弹药、干粮、被子等。官兵的口号是："时间就是胜利！要和敌人争时间、抢速度！"30个小时的急行军，他们终于赶到目的地，取得了战斗的胜利！战士们脚上的血泡一个接一个破，张瑞珍也不例外。但他们没有谁叫一声苦，喊一句累。

12月，朝鲜的天气已是零下十多度了，许多战士还是穿单鞋打赤足，有的脚上则裹着破布，可战士们依旧咬牙坚持作战。

张瑞珍教育自己的儿女说："我们去朝鲜就是保家卫国！你们将来也要爱国爱家！要学习革命前辈，发扬革命传统，英勇奋斗，坚强不屈，争取更大光荣！"张瑞珍的言教身传，潜移默化，滋润熏染着下一代健康成长。

四

1953年3月，张瑞珍所在的部队回国。回国后，张瑞珍被分到了江西省公安团。公安部队的主要任务就是保卫新生的红色政权，保卫革命胜利果实，防止敌特分子破坏。

1954年10月，张瑞珍光荣复员，离开军营，穿着没有领花肩章的衣服融入茫茫人海之中，没有战争中"最可爱的人"的耀眼光环，平凡得如同一颗沙砾。但是经历过战争锤炼、生死场上拼杀的张瑞珍特有的忠诚、执着、勇敢以及忍耐，是永远不会改变的。正是这份军营生活的馈赠，使张瑞珍在风浪中从不退缩，艰难中永不止步，在挫折和考验面前有足够的勇气和智慧来面对。张瑞珍退伍不褪色。1955年9月，张瑞珍被分配到永丰县良村区委会工作，任通讯员，1958年12月，加入中国共产党。后来良村区划归兴国县管辖，1959年调兴国县法院工作，任法警。1960年到1966年，他先后到兴国县中洲公社、南坑公社、东村公社任武装部部长，期间两次获县武装部先进个人奖，1965年获赣州军分区学习毛泽东思想积极分子奖。1966年3月到1983年10月，他先后到永丰县佐龙公社、恩江镇公社、陶塘公社、遇元公社工作，任公社党委委员，分管组织、政法工作。1969年，他当选县党代会代表，1979年3月参加全省政法战线先进工作者表彰大会，获全省政法工作先进工作者称号，陶塘公社获全省政法战线工作先进集体奖。

张瑞珍的口头禅是"脱下军装，我还是兵！"他入伍争当好士兵，退伍争做好公民，用实际行动诠释了自己的人生格言。领导评价他："该同志一贯拥护中国共产党领导，工作积极，廉洁奉公，任劳任怨。从不表功，连参加志愿军赴朝作战都从不提起，更不向党组织伸手要利益、要福利，只讲默默地奉献，不求索取。"同事评价他："对家人严格要求，为党和政府工作三十多年，从未为家人谋求私利，女儿两夫妇下岗也没找组织解决工作问题。"家里的孩子说："父亲是一个纯粹的共产党人，是党的好儿子，是我们的好父亲，他教导我们，是逝去的英烈换来我们的现在，要知足要努力，不奋斗哪有幸福可言。他教育我们要好好学习、勤俭节约、遵纪守法，做个合法公民，不要给党和国家添负担。是党和国家给了我们幸福，我们只有感恩，不能索取。"儿子张育民高中毕业后回家务农，恢复高考后考上大学，成为一名医务工作者。1996年女儿女婿双双下岗，想他出面向上级反映，解决生活困难问题，但是，他拒绝了，女儿好一阵不理解，斗气地说，你用生命在战场上奋勇杀敌，现在和平年代，享受一点特权还不行吗？父亲谆谆教诲道："国家经济体制改革，全县有多少人下岗，大家都向组织提要求，政府能管得了那么多吗？我们要考虑政府的困难，要顾全大局。"在他的耐心教育帮助下，女儿女婿高兴地找了一家民营企业上班，努力工作养活全家。在他的教育培养下，家中孙辈培养出了3个硕士研究生、1个大学本科生，全家有4人加入了中国共产党。

不论是否戎装在身，张瑞珍始终用抗美援朝精神激励自己的儿女们奋勇向前。社会的浮华没能腐蚀他，经济的浪潮没能淹没他，儿女的亲情没有动摇他，他始终在孤寂中燃烧着似火的激情，在改革的浪潮中坚守那片纯净的阵地。这一切，是为了祖国，为了人民，为了对党的无限忠诚。

如果说，战乱纷飞的峥嵘岁月里，舍生忘死、奋勇杀敌是军人价值的最好体现,那么和平年代里,默默奉献是张瑞珍最好的写照。

张瑞珍已是耄耋之年,他始终坚持将抗美援朝精神传承下去,不忘国家,不忘人民,砥砺前行,传承红色基因,为实现中华民族伟大复兴的中国梦贡献力量!

有国就有家
志愿军老兵
杨通盛
2022.11.19

彭道盛画
2022.12

彭道盛

彭道盛与家人照

彭道盛所获荣誉

> 彭道盛，男，吉安县人，中共党员，1932年12月生，1948年参军。他参加过广西龙州剿匪、抗美援朝战争，服役期间获三等功一次、师司令部通令嘉奖一次、团司令部通令嘉奖二次。1955年9月复员，在万福镇塘东中学担任中学教师直到离休。曾荣获"中华人民共和国成立60周年"纪念章、"中华人民共和国成立70周年"纪念章，2021年荣获吉安县"最美退役军人"称号。

彭道盛
兵心军魂铸人生

文◎笑川

一日从军，终身跟党走；一心为民，满怀赤子情。从告别八一军旗那天起，若有战、召必回、战必胜，就是广大退役军人的铿锵誓言。即使转换了"战场"，他们依然会用军人的执着和坚守，继续为家乡和社会出一份力。他用奋斗诠释人生，用担当来报效祖国。他，就是年逾九十的退役老兵、吉安县万福镇塘东中学离休教师彭道盛。

一

1932年12月，彭道盛出生于吉安县万福镇敦上村委会彭家组一个普通的农民家庭。他的父母都是地地道道的农民，农闲时偶尔做点小买卖。虽然家里不算富有，但也没有穷到愁吃愁穿的地步。作为家里最小的孩子，哥哥和三个姐姐对他宠爱有加，温馨的家呵护着他成长。当时，年长他二十多岁的哥哥已经在湖南醴陵做生意，替父母分担着生活的重负。

村里的私塾给了彭道盛很好的启蒙，那时他学了《百家姓》《弟子规》等启蒙读物，还背诵了大量古诗词，这为他后来考取小学打下了良好的基础。1942年，也就是十岁时，他顺利考到了第五区中心小学（塘东小学）读五年级。两年后，他从六年级顺利毕业并考到庙背中学读初中。三年苦学，终不负有心人，1947年，他又顺利考到吉安名校——白鹭洲中学读高中。勤学苦读的日子过得飞快，人生有些缘分总是不期而遇。1948年初，成绩优异的他再次走向了考场。这一次，他把目光投向了远方，投向了人人向往的北京。努力没有白费，付出总会有回报，成绩出来，他欣喜若狂。

带着家人的期待和对未来的无限憧憬，彭道盛来到了那个承载着少年梦想的地方——北京长辛店通讯学校。在那个年代，无线电专业几乎是最好就业的专业，这也意味着，美好的发展前景正等着他。可还没来得及规划未来，命运又向他抛来另一根橄榄枝。10月，中国人民解放军来学校招兵，凭着良好的身体素质和综合能力，他幸运地和另外36个同学一道成为一名光荣的解放军战士。

二

中国人民解放军第十三兵团第39军第115师第35团，这是彭道盛人生的另一个起点。初到部队，彭道盛被分在警卫连当勤务兵。由于读过高中，文化底子好，不久，他被调到连部当文书。1949年9月，勤奋肯干好学的他又被调到军教导队学习画地图和测绘，主要负责的是地形测绘工作，让地图更加精确，便于我方作战。时间过得飞快，三个月的学习结束后，新的征途即将开启。12月，北方大部分地区都已经解放，解放南方成了迫在眉睫的任务，他也随部队南下。这时的他，作为一名普通的战士，身上背着的是手榴弹和子弹，心里装着的是对社会主义新中国的满腔热情。随后，他随部队来到了广西南宁一带剿匪，并协助当地政府开展土改等工作。不到两个月，他又跟随部队北上东北。当时，师部驻扎在沈阳，他所在的团部驻扎在庄河县，一边休整，一边补充兵员，锻炼新兵。

彭道盛在朝鲜先后参加了三次战役。每次，他都奋勇杀敌，屡获功绩。回想起那段时光，彭道盛老人说："测绘工作看起来不起眼，但是真的苦。我一天就要走八十公里，不说行军的辛苦吧，就说在路上还要精确地记录数据，这真不是一件简单的事情。"在军营的生活总是过得很快，彭道盛已经从一个刚入军营的新兵变成一个经验丰富的老兵了。他更加明确了自己保家卫国的理想，决定为国家奉献自己的青春。

1950年10月25日，彭道盛随第39军第115师第35团出国入朝鲜作战，过鸭绿江经过朝鲜新义州，在云山遭遇敌军，就此展开激烈战斗。当时，一个人发200颗子弹、4个手榴弹和1个米袋。彭道盛所在的师是前卫师，所在的团是前卫团，一营负责抢占左山头，二营负责抢占右山头。"这是一场遭遇战，后来又转为一场攻坚战。"战斗整整打了五天，在战斗的第三天，在营救一位营长的过程中，彭道盛的左腿不幸中枪了。当时，他的左腿一直在流血，从战场下来，他就被转移到国内牡丹江医院养伤。因为救助有功，彭道盛立下了三等功。在休养了一个多月后，他就慢慢恢复了。

1950年12月，他作为轻伤员再次回到了朝鲜战场，再次回到了他熟悉的中国人民志愿军第39军第115师第35团，并且开始担任参谋。

裹尸马革英雄事，纵死终令汗竹香。春季攻势来临之际，白天敌军飞机盘旋上空，对我军实行密集的侦察和轰炸。我军则采取回避战术，白天休息，一到晚上就开始夜战。彭道盛爽朗地笑了一声，说道："美军，最怕晚上了。"因为军队战略正确，又有良好的纪律性，我军取得了临津江战役的胜利。

随后，我军挥师一路向南，敌军节节溃败。最后，第39军第115师第35团参与了解放平壤的战役。这时的敌军，已经无心再战，几场零星战斗之后，他们退回了三八线。

抗美援朝，是每个志愿军战士一生的骄傲和自豪，彭道盛也不例外，每次说到朝鲜，他总是很激动，感觉又回到了那个充满激情的峥嵘岁月。虽然，战争很残酷，战士们也在战场上受尽了苦，但也正是这些磨炼，让他们更好地成长。当时，我军武器装备还比较落后，后勤保障也跟不上。敌军有军靴，而我们的战士只能穿普通的胶鞋，有时脚都冻坏了。当时，驻扎在山上，寒风瑟瑟，敌军吃罐头，我军士兵只能吃又冷又硬的炒面。

1955年12月，彭道盛从部队复员，回到家乡，被分在吉安县塘东区（第五区）区政府工作。这时的他，也已经变成了一个崭新的自己，曾经那个彭道盛已经成为了历史！

在区政府工作的时候，彭道盛负责文书工作。政府的伙食、环境卫生、守机子、买菜、派公粮、熟悉田亩数、莳田、管理供销店等，都成了他的工作。他成了最忙碌的那个人。在战场上，他浴血奋战过；国泰民安时，他又倾心为人民服务。时间在变，不变的是军魂；环境在变，不变的是军心。虽然岗位变了，但他保家卫国的决心不变。

三

他是个平凡的人，是尽职尽责、勤勤恳恳的干部，也是个"位卑未敢忘忧国"的奋斗者。他始终是一个兵，是一个有军魂的人。一身军装就是一份责任，一次风雨就是一次成长。不忘初心，兵心依旧。彭道盛说："无论走到哪里，我都会永葆军人的本色。"当他脱下军装回到家乡，便在心中许下承诺：在地方建设的新"战场"上，从零开始再度出发，再攀高峰！

他回到他的母校塘东中学教语文。彭道盛说："当时去教育局确实是一个很好的机会，但我还是舍不得学生，想留在教育一线。所以，我就以父母年龄大没人照顾的理由申请不去。"这是怎样的一种情怀啊！他拒绝了调往县教育局的好机会，留在学校教书育人，获得了许多教学奖，学生成绩也比较好。在部队的时候，他学会了打篮球，在东北还参加过市里的比赛。初中时，他还学过胡琴，至今拉得一手好琴。这些兴趣爱好也为他的教学增添了一份魅力。学生也非常喜欢这个一身正气的彭老师。

做本分事，这是彭道盛在学校的做事原则。在塘东中学教书期间，他总是事事为学生考虑，为家境比较困难的学生争取奖学金，指导学生报考学校。一分耕耘，一分收获。1962年，他被聘任为塘东中学教导主任，专门负责学校的教学管理工作。当一名普通老师的时候，他爱岗敬业，教书育人；做学校行政工作时，他尽心尽力为学校谋发展。由于工作认真负责，业务能力出色，他被抽调到县教育局工作。当时，调令都已经下发到学校了，但他还是选择留在学校，选择做一名学生们喜欢的老师。

学无止境，教无止境。彭道盛一直在塘东中学当教导主任，主要是抓教学，提高老师的业务水平和行政人员的效率。一所学校最重要的就是教学，彭老师最认真的也是教学。

1991年，彭道盛在塘东中学离休。回想起这几十年的风雨人生，教书经历也成了他熠熠生辉的时刻。教书育人时，他始终注重对学生进行爱国教育，这也是跟他的军营生涯密不可分的。正因为他和战友们在战场上奋勇杀敌，所以后辈的年轻人才能在明亮的教室里幸福地接受教育。他在教书的过程中，经常跟学生讲故事，讲那些英雄的故事，讲那些爱国的感人至深的故事。当他讲故事的时候，学生都听得特别认真。学生最喜欢听彭道盛讲朝鲜战争的故事，讲他如何在战场上披荆斩棘，英勇战斗。作为一个鲜活的榜样，陪伴在学生身边，彭道盛本身就是学生学习的最好模范。

四

道路是漫长而艰辛的。虽然漫长，但不放弃；虽然艰辛，依然执着。这便是彭道盛一直以来秉持的信念与决心。"那时候条件艰苦，每个月只有四十五元，现在可不同了，能有合适的待遇安享晚年。要感谢党，感谢人民！"彭道盛看向远处，好像看见了当年的烽火与现在的幸福。

为家乡做一点事，尽一点心，是彭道盛老人一直想做的事情。所以，离休后，他被推选为本村的新农村建设理事会理事长。他所有劳动都是不计报酬的，并且在集资、捐款活动中，他还要带头捐钱捐物。彭道盛尽心尽力做好村里交给他的工作，既要管村庄建设的质量、设计、规划，还要负责村子里的红白喜事，为村民出谋划策，有时还要帮忙写对联。作为村里有文化的长者，他还经常受村民邀请做礼生，义务帮忙做好牵头工作，不收一分钱。

作为一名军人，他保家卫国，勇于奉献；脱下军装，他在新的"战场"续写新担当，用无悔信念践行为人民服务的初心使命，一句简单的"退役不褪色，退伍不退志，永葆军人初心"成为他一生的信仰与坚守。作为一名教师，他钻研教学，无私奉献，怀着对学生负责的信念教学，一句"老师好"就是对他最美的赞誉。他非常注重弘扬爱国主义精神，在教学中将爱国主义教育贯彻始终，用战场上永不服输的精神教导一批批的学生在学习中要坚持到底，敢于拼争，不到最后一分钟决不服输，做学生思想政治的引路人。作为一名乡贤，他退休后热心为村民服务，始终与党中央保持高度一致，和睦邻里，团结村民，支持村里的各项工作，积极参加各项公益性活动，始终发挥党员的先锋模范作用。

"老骥伏枥，志在千里。"虽然工作岗位不断变化，但是他却始终怀揣对岗位的敬畏和执着。彭道盛就是那匹奔跑不止的"千里马"。他用积极进取的人生态度、执着为民的工作热情，时刻感染着身边的每一位年轻人，努力书写着一名退役军人的新辉煌。在社会主义的旭日暖阳下，在新时代的长风破浪处，彭道盛一如既往，用自己的满腔热血和一片赤诚肩负起一名老兵对这个社会的责任与担当，为祖国和人民作出新的贡献！

后 记

　　退役老兵，一个时代的记忆，一段历史的见证，他们是新中国从血与火中崛起的亲历者。他们把自己最美好的青春年华奉献给了部队，奉献给了人民，奉献给了国防事业。一张张老照片、一枚枚勋章记录了他们为了崇高理想，为了国家和人民前赴后继、不畏生死的英勇事迹。

　　每一位退役老兵的革命经历都承载着不平凡的历史记忆，凝结着我党我军的历史传统和优良作风，是活的"红色遗产"，是宝贵的精神财富。

　　新时代的今天，九死一生的退役老兵们皓首苍颜、两鬓斑白，已是耄耋之年。为赓续传承退役老兵的革命精神，抢救式整理保护退役老兵的革命事迹，展示他们的熠熠荣光，我们组织人员采访了22位年逾或年近百岁的退役老兵，并为他们画像，汇编成这本图文并茂的《耄耋荣光》。

　　忠实地记录下他们的回忆和经历，就是希望那段历史不至于随他们老去而被湮没，也借这些记忆碎片见证一段尘封的历史，并向那些浴血奋战、不怕牺牲、挺身而出的勇者致敬。听他们的故事，我们可以感受到这些曾经为国家、为民族以命相搏的青年的坚韧，可以感受到他们为国家、为民族的担当以及做出的牺牲；也能感受到个体命运与国家命运、民族命运的关系，因他们的人生故事而思考国家和民族的历史和未来，激励年轻一代进一步铭记历史，不忘初心。

　　这些文字和肖像没有"脸谱化"的千人一面，没有"高大全"的千篇一律，而是众多作者历时数月分赴各地亲身采访后的真情表达，生动再现了退役老兵们的光辉历程，展示了他们的英雄形象。读来引人入胜，读后肃然起敬。

　　耄耋之年，他们可能忘记了自己的年龄，但却依然铭记着入党的日子，铭记着历经的每一个部队番号，铭记着那最可爱的战友……战场归来，脱下军装，不管身处何种环境，从事何种职业，经历怎样的人生，他们的目光里依然闪耀着信仰的光芒，依旧默默保持着军人本色和热血忠诚！他们对理想的坚守、对信仰的忠贞、对祖国的热爱、对人民的深情、对美好未来的期许，让我们为之动容、为之敬佩、为之震撼！

青春不老，丰碑永存！走出硝烟的英雄，任凭时光流逝，沉淀下来的是铮铮铁骨。他们满脸的皱纹珍藏着战斗的岁月，胸前的勋章凝结着曾经的辉煌。采访时，他们用颤巍巍的右手敬军礼的身姿定格成最美的风景。

谋求人民解放、不怕流血牺牲、动员子女参军、重病之下追赶部队……老兵们身上呈现出的优秀品质，将永远值得我们学习。

优秀的退役老兵还有很多，由于篇幅所限，在各县（市、区）推荐的基础上，我们挑选了部分入编，他们历经土地革命战争、抗日战争、解放战争、抗美援朝等各个时期，熠熠勋章的荣光，记录着每位老兵不同寻常的一生。

本书的出版得到了市、县退役军人事务局的大力支持，凝聚了参与采访作者的辛勤付出。鲁迅文学奖获得者、江西省作协副主席江子欣然为该书作序，书法兰亭奖获得者、江西省书协副主席马于强题写了书名，吉安市美协主席、吉安美术馆馆长陈泽斌承担了为老兵画像的任务，在此一并表示感谢。

该书采写编校过程中，一些受访老兵先后离世。我们庆幸获得了宝贵采访素材的同时，对他们的不幸离世表示哀悼。

谨以此书向千千万万的退役老兵致敬！